猎鹰者监狱

Falconer

-

John Cheever

[美国] 约翰·契弗——著
朱世达——译

译林出版社

1

猎鹰者监狱的大门是犯人、探监者和职员进出的唯一通道；大门上面装有一面盾饰，盾饰上描摹着象征自由与公正的女神像，在两个女神像之间，镶嵌着显示政府至高无上权力的徽记。自由女神戴一顶头巾式女帽，手持一把长矛。表明政府作用的是一只象征联邦的鹰，鹰爪抓着橄榄枝和狩猎的箭。公正女神则是通常的那种形象，蒙着眼，手握着一把生死予夺的剑，在她那紧身的长袍里隐隐地透露着一种情欲。这浅浮雕是铜制的，但如今也晦暗了——跟没有光泽的无烟煤或缟玛瑙一般的漆黑。多少人从这盾饰下面走过，他们大多数把这盾饰看成是人类竭力用图像来阐释监禁神秘性的最后的纹章。人们猜想，从盾饰下面也许走过了上百人，上千人，也许上百万人。在盾饰的上方是这座建筑各种演变的名称：猎鹰者监狱，建于1871年；猎鹰者教养院，猎鹰者联邦反省院，猎鹰者国家监狱，猎鹰者行为纠正所，最后一个名称谁也弄不明白：黎明院。现在里面住的是罪犯，狱吏全是些混蛋，典狱长统管着一切事务。名声往往是名不符实的，老天，但是，以有限的设施收容着两千名歹徒、恶棍的猎鹰者监狱跟新兴门监狱[1]一样的有名。不再有水

1　伦敦旧城的监狱，1902年废。

刑、一式的条纹囚衣、锁步和铁球脚镣；而在绞刑架曾经竖立的地方，则是一个垒球场。在我写这本书的时候，奥本监狱[1]还在使用脚镣。这你可以从奥本监狱犯人的吵闹声中得知。

夏末的一天，法拉格特（杀兄罪，判十年有期徒刑，编号734—508—32）被带进这古老的、带有铁窗的房子。他没有戴脚镣，但和其他九个犯人一起上了手铐，其中四个是黑人，全比他年轻。囚车的窗很高、很脏，他看不清天空的颜色，看不清灯光，看不清他正离别的这个世界的任何模样。三小时之前，有人给他扎了四十毫克的美沙酮[2]，浑浑噩噩，他真希冀瞅一眼天光。他注意到司机在红灯前停下来，按喇叭，爬陡坡时踩刹车，然而似乎他们和人类其他成员仅仅只剩这些关联。人的难以估量的羞耻感似乎震慑了他们中的大部分人，但是，铐在他右手的那个家伙却毫不在乎。他是一个瘦削的人，油光光的头发，一脸的疖子和酒刺，使他的面庞非常可怕地变形了。“我听说监狱里有个球队，只要有球可打，我就没事儿。有垒球打，我就能活下去，”他说，“能打垒球，对于我来说就够好的了。我不懂记分。我就那么着投球。大前年，我在北埃德蒙斯顿队自始至终不让对方得分，离开投球区的土墩，听见

1　即奥本国家监狱，在纽约州中西部卡伊加县境内。

2　一种人工合成的止痛药，比吗啡更有效，使患者有较少成瘾的可能，一般用来作为治疗吸毒者的代用品。

观众对着我直欢呼时，才明白过来。我从来没有不花钱和个娘儿们睡过觉，从来没有过。我有时花个五角，有时花五十美元呢，我从来没有不花钱找到个娘儿们。我琢磨这跟不懂记分是一回事。没个娘儿们愿意顺着心跟我睡个觉。我认识好几百个男人，他们全没我长得帅气，可总是不花一个子儿就能找到娘儿们，我从没碰到过。我真想不花一个子儿来上那么一次，哪怕一次也好嘛。”

囚车停下来了。法拉格特左手铐着的是一个十分高大的人，这人一步跨下囚车，将法拉格特绊倒在院子地上。法拉格特爬了起来。他第一回瞧见那盾饰，他想，也许也是最后一次吧。他会在这儿撒手闭眼死去的。然后他瞅一眼蓝蓝的天，竭力想将自己的存在和那蓝蓝的天联系在一起，和亵渎的语言联系在一起，亵渎、污秽的语言已经在他写给妻子、律师、州长和主教的信中开始出现了。有一小群人瞧着他们快步穿过院子。他清晰地听见有人嚷道：“这些家伙瞅上去倒蛮不错！”那些人也许是没犯什么大罪的，只是一时迷了路而已；法拉格特听见一个穿制服的嚷嚷道：“转过身子去，说不准他们中有人身上揣着把剃刀。”这些没犯大罪的说的是对的。囚车和监狱之间的那片湛蓝湛蓝的天空，他们中有些人有好几个月没瞅见过了。多么的不同寻常，天空看上去是多么的纯洁！它们永远不会再显得如此动人、如此美好了。天际的光亮映照在囚徒的脸上，显现出一种十分丰富的目的感和无辜感。“他们宰人，”看守说，“他们强奸妇女，他们将小孩儿往火炉里塞，他们会为了条口香糖勒死自己的娘。”然后，他把脸从那些迷路者转向囚犯们，开始嚷道：“你们要做个守规矩的人，要做个守规矩的人，要、要做个守规矩……”他直着嗓子号道，好像火车的鸣笛声，好像猎狗的狂吠，好像深夜孤寂的歌声或呐喊声。

他们一个拖着一个地爬上楼梯，走进一间破旧的房间。猎鹰者监狱显得十分破败。人们所见、所触摸、所闻到的一切都表明这地方被人遗弃的程度。这地方的腌臜劲儿使人迅即得到一种印象，简短地说，那就是，虽然这儿北边有一座租借的死囚行刑前的班房，这地方肯定是强迫苦行赎罪等死的场所。铁栅栏好多年前上了白瓷漆，但是，在囚犯本能地手握的齐胸的那部分，珐琅早脱落了，露出了铁面。在一间远一点的房间里，那个嚷着让他们规矩点儿的看守打开了他们的镣铐，法拉格特跟大伙儿一样，因为能自由自在地伸胳膊伸腿、耸耸肩膀而感到深深的快乐。他们全用手揉着手腕。“什么时候了？”那长酒刺的问道。“十点一刻。”法拉格特说。“我是问几月几号？”这人说，“你有只日历表。我想知道今天是几月几号。嘀，让我瞧瞧，让我瞧瞧。”法拉格特摘下他的贵重的手表，递给那陌生人，那陌生人一把塞进兜里。“他偷我手表，”法拉格特对看守说，“他刚才偷我手表。”“哦，是吗？”看守说，

“他真的偷了你的手表吗？”然后他转身对着小偷问道，“你这次出去待了多久？”“九十三天。”小偷答道。“这是你在外待得最长的一次吗？”“上一次我在外面待了整一年半。”小偷说。“这种怪事到什么时候才是个完呢？”看守问道。这一切，以及以后的所见所闻，使法拉格特渐渐失去了活力，他除了瘫痪和恐怖之外什么都视而不见。

他们被赶进一辆老掉牙的卡车里，上面放着几条木板凳，车沿着围墙里的一条路开走了。在路的拐角处，法拉格特瞧见一个穿监狱灰鼠色号衣的人在用面包皮喂十几只鸽子。这一情景在他心中唤起一种非凡的现实感，预示着一种神志清楚、精神健全的生活。这人是一个囚犯，他、面包和飞鸽，与环境都是格格不入的；但是，因为某种连法拉格特自己也无法解释的理由，这人与鸽子分享面包皮的形象回响着遥远的古代的风习。他站在卡车里，尽可能久地观望着一切。走进一幢建筑物，他瞅见在天花板高处，水管上有一只业已晦暗的银色圣诞花环，他又一次激动起来。这里所包含的讽喻是陈腐的，但是，跟喂养鸽子的那人的形象一样，它似乎透露出一线理智的光。在圣诞花环下，他们走进一间房间，书桌椅子的腿残缺不全，木漆斑驳，桌面上横七竖八地刻着缩写姓名和污秽的画面，这些东西，跟猎鹰者监狱里的一切一样，似乎都是从城里什么垃圾堆里捡来的。最初的一次甄别是心理测验，这种测验他在关禁他的三个吸毒者纠正诊疗所已经领教过。“你惧怕球形门把手上的细菌吗？”他读道，“你乐意在原始热带森林里狩猎老虎吗？”这些问题的讽喻性，比那喂鸽子的人和挂在水管上的银色圣诞花环所包含的讽喻性，就深度和动人而言，不知要逊色多少了。他们花了半天时间回答五百个问题，然后被赶到一座饭厅吃饭。

这比他在拘留所见过的房子要陈旧、宽敞多了。屋顶上桁条交错着顶在那儿。在窗台上有一只有柄的锡制大水罐，里面种了些马利筋花，花的色彩在那种肃穆的地方犹如一团火。他用一把锡制汤匙吃酸不拉叽的食物，然后把汤匙和盘子扔进脏水里。监狱当局严禁吃饭时说话，但他们自个儿强力推行一种隔离政策，黑人待在北边，白人坐在南边，中间夹着讲西班牙语的犯人。饭后，他们审查了他的体质、宗教和职业特点，然后等了好一阵子，将他带进一间房间，在一张东倒西歪的书桌后面端坐着三个穿廉价西服的人。在桌子的两端插着两面国旗。左边有一扇窗户，透过窗户，他可以瞥见一块蓝天，在蓝天下，他想那人也许还在喂鸽子吧。他感到脑袋、脖子、肩膀开始痛起来，他走到审判席前时，佝偻得厉害，他感到自己成了一个非常矮小的人，一个侏儒，一个从未经验过、体会过或者想象过放肆的伟大之处的人。

“你是个教授。”左边的那个人开腔道，他似乎是这三个人的发言人。法拉格特没有抬头瞅他的脸。“你是个教授，你的天职是教育所有希望获得知识的年轻人。历来的经验是这样告诉我们的，是不是？而你，作为教授，一个因负有智力与道德影响责任而出众的人，却在危险毒品的驱使下，犯下了可怕的杀兄的罪愆。难道你不感到羞耻吗？”“我希望咱们先说准了保证我能拿到我的美沙酮。”法拉格特说。“哦，你真不知羞耻！”这人尖声喊道，“我们这是在帮助你。我们这是在帮助你。如果你没有廉耻感，你就永远别想在文明社会中占有你的位置。”法拉格特没有回答。“下一个。”这人喊道，有人带着法拉格特到背后的一扇门边。“我是小不点儿，”那儿有个人对他说道，“抓紧点儿。我不能一整天只伺候你一个。”

小不点儿的体形真是吓死人。他长得不高，但躯干显得十分的不协调，衣服只能为他特制，尽管他吆喝着抓紧点儿，两条粗实的大腿也使不出什么劲儿，走得非常慢。他的灰白的头发剃成一把刷子似的，你甚至可以瞅见他的头皮。“你待在 F 牢区，”他说，“F 意味着性交啦，毒瘾者啦，傻瓜蛋啦，同性恋者啦，初犯啦，跟咱一样的大屁股啦，鬼怪啦，丑角啦，宗教狂热徒啦，联邦调查局侦探啦，销赃贼啦，放响屁啦。[1] 还有好多，记不得啦。琢磨这玩意儿的那小子归天了。”他们沿着一条地道的斜坡上行，一路聚着一堆堆的人在聊天，好像

1　这些名词在英语中第一个字母均为 f。

在大街上一样。“依我看，你在F牢区只是个过路的，”小不点儿说，“你说起话来那么逗，他们会让你去A牢区，那儿关着副州长啦，商业部部长啦，全是百万富翁。”小不点儿向右拐，他尾随在后，走进一扇敞开着的门，来到班房。跟这监狱里的一切一样，牢房破旧不堪，杂乱无章，散发出一股股令人难耐的恶臭，但他的班房却有一扇窗户，他走到窗户跟前，瞧见一块天空，两座高耸的水塔，围墙，牢房，以及他进来时磕绊跪在地上的院子。牢房里的犯人对他的到来显得非常的冷漠。他铺床时，有人问道：“有钱的？”“不。”法拉格特说。“没毒瘾？”“有。”法拉格特说。“你口交吗？”“不。”法拉格特回答。“你被冤枉了？”法拉格特没有搭茬儿。有人在牢房背处弹起吉他，用一种走调的肯塔基州土嗓子唱道：“我奏起无辜的布鲁斯音乐，我一直怨恨在怀……”他的歌声几乎难以分辨，因为各种各样的无线电收音机正在大吵大闹——播音的啦，唱歌的啦，乐队演奏的啦——听起来就跟大街上打烊时分或者更晚些时候一样的热闹非凡。

谁也不跟法拉格特说话，熄灯之前，那个唱歌的——法拉格特从他的嗓音分辨出来——来到他班房门口。他骨瘦如柴，苍老，嗓音很轻，听上去让人很不好受。“我是小鸡二世[1]，”

1　小鸡在美国地下社会的俚语中意为同性恋者。

他说道，“别指望找到小鸡一世。他伸腿闭眼了。你也许在报上读到过关于我的消息。我可是一条以文身闻名的好汉，爬窗户偷东西，是我的拿手好戏，钱全花在身体艺术上啦。改日，咱们哥儿俩熟了，让你瞧瞧我的照片。”他斜瞟了法拉格特一眼，“我来就是告诉你，这是个错误，乱了套，我是说让你这样的人蹲在这儿是乱了套。明天，他们还不会明白。得一两个星期才会回过味儿来，弄清楚了，他们会后悔，会觉得没脸面，会感到对不住你，在第五大道赶着买圣诞节礼品的人群中，州长会来亲你的屁股。嘿，他们会后悔的。因为，你瞧，我们每蹲完一次监狱，即使咱这样真有罪的犯人，总会碰上一桩美事儿，比方说找到一罐黄金啦，一汪青春泉啦[1]，看见一片大海啦，一条河流啦，以前谁也没瞅见过，至少呢，总会有一盘配上烤土豆的、大块的上等牛排吃。每次蹲完监狱之后总会碰上好事儿的，所以我想告诉你，这全乱了套啦。在你等着他们明白错误之前，会有人来探监的。哦，就凭你坐着的这神气，我敢说，你有成千个朋友啦，情人啦，当然啰，还有一个老婆。你老婆会来瞧你的。她一定得来。她要是想跟你闹离婚，必须自个儿来，拿上文件让你签字画押。所以嘛，我想告诉你——你自个儿已经知道了——这是个大错误，全乱了套。”

1　传说青春泉在美洲和西印度群岛，饮此泉可返老还童。

2

第一个来探视法拉格特的是他的妻子。检察官喊734—508—32号有人探监时，他正在Y院内耙落叶。他小跑着奔过消防房，走进地道。到F牢区，要爬四层楼梯。“有人来探监啦。”他对沃尔顿说，沃尔顿让他进了班房。为见探监的，他早准备了一件白衬衣。衬衣上蒙着一层尘埃。他洗了脸，用水梳理了一下头发。“除了手绢之外，什么也别拿……”看守说。“我知道，我知道，我知道……”他来到探监室门口，有人搜了他的身。透过玻璃他瞧见来探监的是马西娅。

探监室里没有铁栅栏，玻璃窗户上有铝丝网，只是上面开了一个口子。即使一只瘦得可怜的猫也别想能钻进钻出，而监狱里的声音随着清风毫无阻挡地吹了进来。他知道，她来到这儿必须经过三道铁栅栏——叮当，叮当，叮当，在前屋里等上一会儿，那儿摆着一条凳式座位或者长凳，饮料机，陈列着犯人画的画，画框上标着价格。这些犯人谁也不会画画，但要是你说画这画的是一个被判无期徒刑的，总会有一个傻瓜蛋买上一幅画着一瓶玫瑰花或者一幅临摹海上落日的画。在探监室的墙上没挂画，贴着四张告示：不准抽烟；不准书写；不准交换物品；准予亲吻一次。这些告示还被译成西班牙文书写在那儿。在“不准抽烟”上打了个叉。有人告诉他，猎鹰者监狱探监室属于美国东部最宽容的探监室了。在囚犯和探监者之间除了一只三英尺高的柜台之外就没有任何别的障碍物了。正在搜身的时候，他瞅了一眼旁的探监的人们——这倒并非是出于好奇，而只是想瞧瞧周围是否有什么东西会使马西娅生气。有一个犯人正举着一个婴儿。一位年迈的妇人正哭泣着跟一个年轻人说着话。马西娅旁边是一对墨西哥裔夫妇。那女人真漂亮，男人正在抚摸她裸露的手臂。

法拉格特无视一切地走了进来，硬了硬心，仿佛他纯然是出于一种偶然机会闯进这探监室来的。“嗨，亲爱的，”他喊了一声，好像他是在火车上、轮船上、机场上、车道边上，旅程终了喊一声“嗨，亲爱的”一样；但要是在往日，他会精心计算他的日程，以便尽快和妻子会面。

“嗨，”她说道，“你瞅上去还蛮不赖的。”

“谢谢。你真美。”

“我没事先告诉你我要来，因为我想那似乎没什么必要。我打电话要求会面时，他们告诉我你哪儿也不会去。”

“是这样的。”

“没能早来，因为我和格西去牙买加了。”

“好极了。格西怎么样？”

“胖了。她胖极了。”

“你想离婚吗？”

“现在还不想。关于这个问题，我眼下不想跟任何律师谈。”

“你有权利提出离婚。”

“我知道。”她瞧了一眼墨西哥裔夫妇。那男人的手一直摸到女人腋毛那儿。两人都闭上了眼睛。

“跟这些人，”她问道，“你可以交谈些什么呢？”

“我们之间不常见面，”他说，“除了吃饭的时候，而那时又不允许交谈。你瞧，我在F牢区。那是个被人遗忘的角落。跟皮兰纳西[1]一样。上星期二，他们忘了给我们吃晚饭。”

“班房什么样子？”

“十二英尺长，七英尺宽，”他说，“我所有的一切便是一幅米罗的画，笛卡尔的书和一张你跟彼得的彩照。那是一张旧照片。当我们在葡萄园岛[2]有一所房子时我给你们拍的。彼得怎么样？”

“挺好。”

“他会来瞧我吗？”

“不知道，我真不知道。他没问起你。社会福利工作者认为，为大伙儿着想，眼下他不见因谋杀而蹲监狱的爸爸为好。”

1 即吉奥瓦尼·皮兰纳西（1720—1778），意大利雕刻家和建筑师。

2 即马撒葡萄园岛，在马萨诸塞州东南大西洋海面上。

“你能带一张他的照片给我吗？”

“要是有的话，当然能。”

“你不能自个儿拍一张？”

“你知道我拍得不好。”

“不管怎么着，谢谢你给我寄来一只新手表，亲爱的。”

“不用谢。”

B 牢区有人弹起五弦班卓琴，唱道：“我奏起牢房布鲁斯音乐，我一直怨恨在怀，我奏起牢房布鲁斯音乐，禁闭在高墙里我没法儿爬……”他唱得不错。嗓音和班卓琴声嘹亮，清晰而真挚，显示这社会的边缘地带，这世界的一部分笼罩在晚夏下午的氛围之中。透过窗户他可以瞧见外面挂着内衣和工作服在晾晒。它们在微风中飘动，好像这种飘动——跟蚂蚁、蜜蜂和鹅的运动一样——有一种极地的作用似的。一刹那间，他感到自己是个通谙世故的人物，对于这个世界，他的反应是既美妙而又荒诞的。她打开手提包，找什么东西。“在军队里待过，对过这种生活有好处吧？”她说。

“有那么点儿。”他说。

“我真弄不明白你为什么那么喜欢军队生活。”

他听见从大门前的空旷地传来看守的吆喝声：“你们要守规矩，要守规矩，是不是？你们要守规矩，放规矩点儿。”他听见金属拖曳的叮当声，猜想他们准是从奥本监狱转移过来的。

“哦，该死。”她说。恼怒使她的脸阴沉下来。“哦，真该死。”她用一种纯然义愤的调子说。

“怎么回事？”他问。

“我找不到舒洁纸巾。”她说。她在手提包里乱翻。

“真对不起。”他说。

“今天好像什么事都跟我作对，”她说，“绝对是这样的，什么事都不顺心。”她将手提包里的东西一股脑儿全倒在柜台上。

“太太，太太，”看守喊道，他坐在一张高耸的椅子里，俯视着他们，俨然像个保镖，“太太，除了饮料和烟盒，不准将任何东西放在柜台上。”

“我，”她嚷道，“纳税。养这地儿，我有一份。我花钱让我丈夫待在这儿，比送儿子上一所名牌学校还要昂贵。”

“太太，太太，劳驾啦，”他说，“把那些玩意儿快从柜台上撸掉，要不我一脚踹你出去。”

她找到了那一小盒纸巾，将东西放回手提包里。他将手压在她的手上，回忆起往昔已逝的岁月，深深地激动起来。她抽回了她的手，这是为什么呢？难道她不能让他抚摸一会儿吗？这温情，这憩息，将在心中持续好几个星期呢。“得了。”她说，又镇静了下来，恢复了她的美，他想。

房间里的光十分刺眼，而她跟光一样刺目。她是一位公认的美人儿。有好几个摄影师请她当模特儿，虽然她的乳房对于哺乳和做爱是非常美妙的，但对于模特儿这一行，却嫌太大了点儿。“我太害臊，太懒了。”她曾经说过。她接受别人的恭维；她的美拍成过纪录片的。“你知道，”他儿子说，“要是房间里有一面镜子，我简直不敢跟妈说话。她那模样真是太甜美了。”那喀索斯是一名男子，他不可能变成一名女性，但是她呢，可能十二次，也可能足有十四次地站在卧室里齐人高的镜子前自我顾盼，问他：“在我们县里，跟我同年的女人，还有跟我一样漂亮的吗？”她裸露着身子，叫人不知所措，他以为这是一种诱惑，但是当他一摩挲她时，她却说，“别碰我奶头。我太美了。”她是很美。他知道，她走之后，凡是跟她打过照面的——比如说这看守——会说，“要是她是你老婆的话，你太有福分了。除了影片上，我还没见过这样的美人儿。”

倘若她是一个女性的那喀索斯，那么弗洛伊德的其他学说还适用吗？在他有限的观察、判定的范围里，他从没有认真地思考过这个问题。她和旧日的室友玛丽亚·利兰科特·黑斯廷斯·古利米在罗马待了三个星期。他结过三次婚，每次都损失一大笔钱，留下不得不让人蹙眉的关于性事的声誉。他们那时家里没雇保姆，他和彼得打扫屋子，点上炉火，买了鲜花欢迎她从意大利归来。他在肯尼迪机场迎接她。航班迟了。已经过了午夜。他弓下身子去吻她时，她掉过脸去，将新买的罗马帽软软的帽檐拉下来。他拿了她的行李，开来了车，他们往回家的路上开去。“你好像过得挺好。”他说。“我这一辈子，”她说，“还没这么痛快过。”他并不急于做出什么结论。炉火会旺起来，鲜花会绽放得很美丽。在世界的那一隅，地上覆盖着泥雪。“罗马下雪吗？”他问道。“城里没下，”她说，“只是卡西亚路[1]那儿下了点儿。我没见到。只是在报上读到的。没有比这更叫人讨厌的了。”

他把她的行李拎到起居室。彼得穿着睡衣正等在那儿。她拥抱了他，啜泣了一会儿。她压根儿没注意到炉火和鲜花。他想再试图吻她，但立刻意识到说不准她右手一拳会飞到他下巴上来。“想喝点儿什么吗？”他问，用一种提高了的声调献上这份殷勤。“好吧，”她说，低了八度音，“坎帕里酒。”“要limone（意大利语：柠檬）吗？”他问道。“sì，sì（意大利语：是，是），”她说，“un spritz（意大利语：再加点儿斯帕里兹鸡尾酒）。”他放了冰块和柠檬片，将酒递给她。“放在桌子上，”她说，“坎帕里酒将使我回忆起我业已消逝的幸福。”她走进厨房，将海绵弄湿，开始擦拭冰箱门。“我们打扫了屋子，”他用一种真正的忧郁的语调说，“我和彼得打扫了屋子。彼得拖了厨房的地板。”“得，可你们忘了擦冰箱门。”她说。“要是天上真有天使，”他说，“要是天使们是女人的话，我看她们一定会

1　罗马一条重要的大街。

常常放下竖琴不弹，去擦什么滴水板啦，冰箱门啦，所有上了瓷的表面。好像这是娘儿们的第二天性。”“你疯了吗？”她问道，“我不明白你在说什么。”他那玩意儿，不久前还指望乐上一阵子，眼下不得不从滑铁卢退到巴黎，又从巴黎退到厄尔巴岛[1]了。“几乎我爱的所有女人都说我发疯，”他说，“我想聊的无非就是爱情。”“哦，是这样吗？”她说，“得，去你的吧。”她将大拇指塞进耳朵里，扇动手指，眼珠子斜视，舌尖在嘴巴里那么一抽，发出响亮的吧嗒一声。“我希望你别做鬼脸。”他说。“我希望你别摆出那副模样儿，”她说，“你不瞅瞅你自己的德行，老天。”他没再说什么，因为他知道彼得正竖起耳朵听着。

花了差不多十天时间她才跟他和好。那是在一次鸡尾酒会之后，正餐之前。他们午睡了一会儿，她就躺进他怀里来。他们是结合成一体的，他想。她那馥馨的发丝垂挂在他的脸上。她的呼吸是深沉的。她醒来，她抚摸他的脸庞，问：“我打鼾了吗？”“响得很，”他说，“听起来就好像在拉锯条。”“这一觉太美了，”她说，“我喜欢睡在你怀里。”然后他们做爱。他感到极大的快感，犹如赢得了一场帆船比赛，堪与文艺复兴啦，高高的山峦啦相比拟。“天，痛快极了，”她说，“什么时

1　拿破仑失败退却的路线。

候了？”“七点。”他说。“什么时候走？”“八点。”“你已经洗了澡。现在我去洗。”他用舒洁纸巾替她擦了一下，递给她一支点燃的烟卷。他跟随她走进浴室，坐在马桶盖上，瞧她用刷子擦背。“我忘了告诉你，”他说，“莉莎送来一盘咸味白乳酪[1]。”“好极了，”她说，“但是，你知道怎么回事？咸味白乳酪，我一吃就拉稀。”他扯直下身，跷起了二郎腿。“真逗，”他说，“而我，一吃就便秘。”这就是他们的婚姻——他们讨论的不再是给楼梯铺上最昂贵的地面，不再是意大利喷泉的潺潺声，不再是异国橄榄树林中清风的沙沙声，而仅仅是一个赤裸的男人和一个女人在讨论拉稀和便秘的事儿。

还有一次。那会儿他们还养狗。哈娜，一条母狗，一下子下了八条狗崽子。七条小狗待在屋后的狗窝里。有一条病得快要死的矮狗给抱进了屋。大约三点钟光景，法拉格特睡得不太沉，被小狗崽呕吐或者拉屎的声音吵醒了。他是脱光衣服睡觉的，赤裸着身子爬下床，尽量蹑手蹑脚不去打扰马西娅，径自走向起居室。钢琴底下一摊脏物。小狗正在瑟瑟发抖。“没事儿，戈多[2]。”他说。彼得给小狗起了个名儿，叫戈登·库珀。这是很久以前的事了。他拿来拖把，一只水桶，几张纸巾，光着屁股爬到钢琴底下去擦洗狗屎。他惊动了她，他听见她走

---

1 法国布里产。

2 戈登的爱称。

下楼梯的声音。她穿着一件透明的睡衣，一切瞧得清清楚楚。“对不起，打扰你了，”他说，“戈多出了点事儿。”“我来帮忙。”她说。“不用，”他说，“快完了。”“但我想帮忙。”她说。她一下子趴在地上，跟他一起钻到钢琴底下。干完，她站起来时脑袋磕在叠合的琴身的盖沿上。“哎哟。”她喊了一声。“碰了哪儿啦？”他问道。“不怎么厉害。”她说，“别长大包、一片乌青就谢天谢地了。”“对不起，亲爱的。”他说。他站起来，抱住她，吻她，两人在沙发上做爱。他替她点燃一支烟卷，两人回到床上。可这事儿过后不久，他进厨房拿冰块时，撞见她正将萨利·米德兰拥在怀里亲吻；她跟萨利·米德兰一星期两次待在一块儿做刺绣活儿。他寻思，这种拥抱的劲儿绝不是柏拉图式的，他腻味萨利。“请原谅。”他说。“为什么？”“我放了个屁。”他说。这话太脏，他知道。他将冰盘端进餐具室。吃晚饭时和一整个晚上，她一句话也不说。第二天——星期六——他们醒来时，他问道：“早晨好，亲爱的？”“废话。”她说。她披上晨衣，走进厨房，他听见她使劲踢电冰箱和洗碗机。“这些破玩意儿，该死的二手货，我讨厌，”她嘶喊道，“我讨厌，讨厌，讨厌这该死的脏不拉叽的老掉牙的破厨房。我做梦都做待在大理石大厅里的梦。”他知道，这是个恶兆，这恶兆表明他别想吃上早饭了。她一发火，那早餐吃的鸡蛋就好像是她下的，正孵着呢。这鸡蛋仿佛就是雅典戏剧里的女巫。“早饭有鸡蛋吃吗？”许多许多年之前，他曾经问过一次。“敢情你以为我能在这厄舍古厦[1]为你做鸡蛋吗？”她问道。“那我能自己做吗？”他问。“不能，”她说，“你会把这废墟遗址搞得个一塌糊涂，让我来给你收拾好几个小时。”逢到这样的早晨，他知道能喝上一杯咖啡就算是幸运的了。他穿上衣服下楼时，她的脸色仍然是阴沉沉的，这比饿肚子还叫他难受。怎么办呢？他往窗外望去，那儿有一层白霜，一年的初霜。太阳已经升起来了，但雪白的霜痕残留在屋影和树荫之中，像欧几里得几何一样的精确。他总是在初霜之后去摘野葡萄，她喜欢用野葡萄做果子冻，野葡萄比葡萄干大不了多少，黑油油的，散发出一种鄙野的馨香；他琢磨兴许一包野葡萄可以帮上个大忙。他对于工具的性的魔力是毫不含糊的。这可能是由于不安造成的，也可能是因为他们曾在爱尔兰西南部度过夏日假期的缘故，那儿的工具词汇都有阴阳属性的。拿上一只篮子和一把剪子，他觉得自己会成为一个有异性模仿癖的人。他挑了一只麻袋和一把狩猎用的斧子。他走进了森林——离家有那么半英里或者四分之三英里光景——那儿有一大片美国葡萄，背后是一排松树林。野葡萄对着正东方，成熟了，紫黑紫黑的，背阴处覆盖着白霜。他用阳性的斧子，将它们一串

1 源自美国作家爱伦·坡的一篇恐怖小说《厄舍古厦的倒塌》。

串扔进那粗陋的麻袋里。他是为她而来摘野葡萄的，但她是什么人？萨利·米德兰的情人？是的，是的，正是！正视现实吧。他面对的要么是最大的虚伪，要么是最大的真实，但是，不管怎么样，一种理性的感觉攫住了他，支撑着他。要是她爱萨利·米德兰，敢情她就不会爱上查克·德鲁吗？她喜欢跟查克·德鲁待在一起，但是当他们站在一起冲淋浴时，他想，查克活像一只瘟鸡，手臂上的肌肉松弛，耷拉下来，跟那些和他妈妈一起打桥牌的女人们的手臂一样。他想，自从他离开童子军之后，还没爱上个男人呢。这样，扛着一大麻袋野葡萄，回到了屋子里，裤子上还沾着毛刺，眉头上还残留着当年最后一批虫蝇啮咬的疤痕。她已经回到床上。躺在那儿，把脸深深地埋在枕头里。“我摘了点葡萄，”他说，“昨晚上下初霜了。我摘了点野葡萄做果子冻用。”“谢谢。”她脸扑在枕头上说。“就放在厨房里。”他说。一整天他待在家里干准备过冬的琐碎杂务。他卸下纱窗，换上御风寒的外层木板护窗，给杜鹃花培上耙来的酸性栎树叶，瞧一下油箱的油位，磨上一会儿冰刀。在他干活的当儿，不少大黄蜂正在屋檐下东蹿西撞，似乎跟他一样，正在寻觅行将来到的冰期的庇护所……

“这部分是因为咱俩不再在一块儿干事的缘故，”他说，“咱俩以前老待在一块儿干那么多事。咱们在一起睡觉啦，旅游啦，滑雪啦，滑冰啦，驾帆船玩啦，听音乐会啦，干什么都在一块儿，看美国棒球世界联赛啦，喝啤酒啦，虽然咱俩谁也不喜欢喝啤酒，不喜欢在美国喝。那年，有个名叫隆贝格的，管他叫什么呢，在半局时没能自始至终不让对方安打和得分。你哭了。我也哭。咱俩一块儿哭。”

“后来你吸毒了，”她说，“那使我们不能在一块儿干活了。”

“但我戒了整六个月，”他说，“也没用。猛一下子让我戒毒，几乎要了我的命。”

“六个月，又不是一辈子，”她说，“不管怎么着，那是多久以前的事了？”

“很久以前的事了。”他说。

“你现在怎么样？”

“从四十毫克降到十毫克。每天上午九点，我扎美沙酮。一个同性恋者用它来做买卖。他戴假发。”

“他还在干那行当吗？”

“我不知道。他问我喜欢歌剧不。”

“你不喜欢，当然啦。”

“我正是这么跟他说的。”

“好极了。找了个杀人犯、瘾君子当丈夫，我不希望他再当个同性恋者。”

“我没杀死我哥。”

“你用火钳揍他。他死了。”

“我是用火钳揍他来着。可他喝醉了。他自己把脑袋瓜子磕在壁炉上了。”

“刑罚学家认为，所有的罪犯都申辩自个儿是无辜的。”

“孔夫子说……”

“你太浅薄了，法拉格特。你一直太软弱。”

“我没杀死我哥。”

“换个话题好吗？”

“请便吧。”

“你说，你什么时候能戒毒？”

“我也不知道。即使想象一下戒毒，也是十分困难的。我可以说我想戒，但那只是骗人的玩意儿。就好像我胡说又回到了青年时代哪一个下午一样。”

“这就是为什么你太软弱了。”

“是的。”

他不想在那个地方，跟她再吵上一次嘴。在他们婚姻的最后一年，他注意到拌嘴跟念《圣经》和行神圣姻合礼一样成为一种仪式。“我才不想再听你那套鬼话。”她这样尖叫道。他愕然了，并不是因为她的歇斯底里而惊讶，而是因为从她嘴里冒出来这样的话语。“你毁了我一生，你毁了我一生，”她嘶喊道，“在这世上，再没有什么比倒霉的婚姻更残酷的了。”这一切的话语同样也挂在他舌尖上。但是，他只是听着，让她说出他脑袋里想说的思想；他听见她的声音渐渐变得深沉而轻细，怀着真诚的痛苦，开始变调，这是他全然无法控制的。“跟你结婚，是我所犯的最大的错误，”她轻声地说，“我想，我这一辈子是百分之百的挫折，可当你杀死你哥，我意识到我低估了我的问题。”

她所说的挫折，有时是指当年梦想当一名画家而不得不落空；二十五年前上大学时，在一次艺术展览会上她得了一个二等奖，但这同时也宣告她艺术家生涯的结束。一个他深情地爱着的女人骂他婊子，而他在心里总是琢磨这种可能性。当他俩赤裸着躺在一家高级旅馆的楼上房间里时，这女人又骂他婊子。然后她亲吻他，并说：“让我们互相在身上浇上威士忌酒，然后喝掉它。”他们真干了，他无法怀疑这样一个女人的判断力。他回顾了她作为画家的一生，也许这么回顾有点婊子养的味儿。他俩初次见面时，她住在一间画家工作室里，大部分时间都花在画画上。他们结婚时，《时代》周刊在报道时说她是一位画家，他们所居住的每套寓所、每幢房子必须另辟有一间画室。她画呀，画呀，画呀。请客人赴家宴，也拿出她的画在来客面前炫耀一番。她给自己的画拍上照，送去美术馆展览。她的画在公园、街道和跳蚤市场展出。她曾经拿着她的画在纽约第五十七、六十三、七十二街奔走，申请资助啦，奖金啦，进入有人支付津贴的画家团体啦，她画呀，画呀，画呀，然而没有任何人对她的作品有哪怕一丁点儿的热情。他懂得，他竭力要懂得这一切，虽然他只是一个婊子而已。这可是她的天职，他琢磨，跟对上帝的爱一样强大无比，就好像一个倒霉的牧师，她的祈祷却总是走火。这倒也自有它悲哀的美。

她对于独立有极大的激情，终于有一天开始篡改两人共管的账本。对于他来说，女人要求独立并不是什么新奇事儿。关于这方面的经验，如果说并非有什么特别之处，但至少也是非常普遍的。他的曾祖母曾经乘帆船两次绕过好望角。她是船长的夫人，当然啦，她代表船长处理一切业务，但这并没有使她幸免于海上暴风雨的颠簸，孤独，反抗，死亡，甚至更糟的事儿。他祖母希冀当一名救火队员。她出生先于弗洛伊德，但对于性学理论倒并不是没有幽默感的。“我特喜欢警报，”她说，“救火梯子啦，救火水管啦，砰砰喷出来的水声啦。干吗我不能自愿到救火队去？”他妈妈是一个倒霉的女商人，当过茶馆、饭店、服装店的经理，有一阵还开过一间厂子，制造手提包，给烟盒和门垫上色。他明白，马西娅对于独立的追求并不是他作为伴侣的负担，而是一种历史的负担。

马西娅在账本上一开始捣鬼，他就察觉了。她自个儿几乎没什么钱，要支付她那些时装，钱当然不会够。她靠着他，既然她无法改变这种处境，就横下心来遮遮掩掩。她给商店支付现金支票，但在账本上却谎称这是维修屋子的支出。什么水管工啦，电工啦，木匠啦，油漆工啦，谁也不明白她到底在要弄什么花招，既然银行账上有钱，那些商店也不在乎拿上一张支票。法拉格特发现这些鬼花招后，心里明白她的动机纯然是为了追求独立性。她一定发现他已知晓了一切。既然两人心里全明白，何必要把它挑开呢？这只能带来一场大哭大闹——他绝不希望发生这样的事。

“屋子现在怎么样？”他问，“印第安山庄怎么样？”他避免使用所有格——我的屋子，你的屋子，我们的屋子。这是他的屋子，除非离婚，还将仍然是他的屋子。她没搭茬儿。她没有一个手指一个手指地煞有介事地戴上手套，没有那么摸一下头发，做上“肥皂剧”里表示蔑视时所惯常做的那一套陈旧的动作。她可比那尖锐得多。“嗬，”她说，“如今马桶盖总算干了，这好极了。”

他奔出探监室，爬上楼梯，回到F牢区。他将白衬衣挂在衣钩上，走到窗户前，窗户大约有一英尺见方，从那儿，他可以看见进口处两级台阶和探监者在乘上汽车、出租车或者火车前要走过的一段人行道。他等待着他们出现，犹如等在欧洲美国式供膳制旅馆餐厅门前替客人开门的侍者，犹如一个热恋的情人，犹如被干旱折磨得要死的、盼雨心切的农夫，但是，他却没有等待、希冀时那种普遍常有的感觉。

他们出现了——一、三、四、二——一共二十七个人。美籍墨西哥裔人啦，黑人啦，白人啦，还有他的上层阶级的妻子，戴着一顶小铃铛样的帽子——什么时髦，全穿出来了。来监狱之前，她去理了发。她撇嘴了吗？“我可不是去赴什么社交宴会，我这是去监狱瞧我丈夫。”他想起在安妮·埃克伯顿作为少女被介绍给社会之前在大海里游泳的娘儿们。她们只游蛙式，这样头发不致被海水濡湿。有几个探监者手里拿着纸袋，他们想将违禁品偷偷塞给监牢里的亲人，没有弄成，现在只好拎回家去了。他们是自由的，他们可以随心所欲地跑呀，跳呀，跟女人睡觉呀，喝酒呀，订上一张机票到东京去走上一遭。他们是自由的，然而他们在那珍贵的土地元素[1]上走起路来却是那样的若无其事，好像这土地对于他们来说，是徒有的存在。他们走路的那副模样儿，没显露出一丁点儿对自由的赞叹。一个男子弓下身子去扯一下袜子。一个女人停下步来在手提包里掏摸了一阵子，瞧瞧钥匙还在不在那儿。一个年纪轻一点儿的女人，抬头瞅一眼阴沉的天，打开一把绿伞。一个又老又丑的老太婆用一张残纸在抹眼泪。这是他们的自制力，自我禁锢的征象，然而，这一切却赋有一种自然性，一种对禁锢的非自我意识；说起来非常残酷，但这正是他站在铁窗后面所缺乏的。

1　古希腊哲学家认为世界是由地、水、火、风这四大元素组成的，此处指地。

这绝不是痛苦，绝没有那么简单、那么明晰地述说的一种感情。他所能感觉到的只是泪腺中的一阵抽动，一种盲目的不假思索的想哭的愿望攫住了他。掉泪是再轻易不过的了；十分钟的事儿罢了。他想哭，他想号喊。他正生活在行尸走肉之间。没有言语，没有活生生的言语可以表达这种悲哀，这种精神分裂。他是一个赋有罗曼蒂克爱的原始的人。最后一个探监者的踪影，最后一只鞋消失时，他的眼睛开始湿润。他坐在床铺上，右手抓着在监狱中那最有趣的、最世俗的、最敏感的、最恋家的东西。“赶快，”小鸡二世说，“你只有八分钟吃饭的时间了。”

F 牢区只住了一半犯人。上一层大部分厕所和班房都已破烂不堪，空着没人住。除了牢锁之外，一切都年久失修，法拉格特班房里的抽水马桶老自个儿哗啦哗啦冲个没完没了。在这儿，空气中弥漫着一种萎靡的气氛——犯人们有一种感觉：这是监狱的末日了。在 F 牢区的二十个犯人中，法拉格特两星期后跟“小鸡二世”啦，“酒刺包”啦，“石头块”啦，“绿帽子”啦，“赎身钱”啦，“网球迷”啦成了一家子的哥们儿。这是一个非常神秘的组织。赎身钱是一个非常高大、帅气的男子汉，有人控告他谋杀了自个儿的老子。没多久法拉格特就明白，绝不要去问他的那些朋友们干吗来猎鹰者监狱。这太蠢啦，破坏了他们之间约定俗成建立起来的规定，不管怎么样，他们也不会实说。赎身钱讲起话来非常简短。除了石头块之外，他几乎不跟任何人说话，石头块老受人欺侮。人人都知道石头块的事儿。有一帮歹徒流氓用冰铲戳破了他的耳鼓，然后他们诬告他，花钱买通法官给他判了一个很长的徒刑。末了送了他一个价值二百美元的助听器。助听器装在帆布袋里，用带子吊在膀子上。它包括一只肉色的塑料接收器，一根直通右耳的管子和四节电池。赎身钱陪着石头块到食堂去，常常催促他戴上助听器，逢到电池电用完了，他帮着更换。他几乎不跟任何别的犯人说话。

法拉格特蹲牢房的第二天，当他们一清早打扫了班房、等着去吃早饭时，网球迷神气活现地来跟他搭讪。“我大名叫小劳埃德·哈弗沙姆，”他开腔道，“敢情这名儿不响当当吗？不？他们叫我网球迷。我琢磨，你一定明白为什么啦，因为你这人瞧上去像一个打网球的主。在斯帕坦堡[1]网球赛上我赢了双打，连着两届呢。在网球史上，我是第二个能做到的。当然啦，我是在私家网球场上学会打网球的。我从没在公共网球场上打过球。体育百科辞典啦，体育名人辞典啦，全列着我的大名呢，我是网球学院的成员，《球拍》杂志三月号重头文章写的就是我。《球拍》是网球设备工业的主要刊物。”网球迷说话

1　在美国南卡罗来纳州，格林维尔城东北方向。

时，做出强行推销体育用品的所有动作——手啦，肩膀啦，下身啦，一切都在抖动。“我待在这儿，是因为笔误的缘故，银行方面的错。我只是个过路的，待不了多久，几天后我要去见见假释委员会的人，然后就可以开路。九日上午我在互助储蓄银行存了一万三千美元，存款没花完，我开了三张二百美元的支票。我凑巧使了同寝室那小子的支票簿——他是斯帕坦堡网球赛双打亚军，因为我赢了他，他永远也不会原谅我。人总有那么点儿妒忌劲儿，总会犯笔误的——得，我可倒了霉——把我扔进了监狱，不用一两个星期，我就可以跳过网去。出狱时得跟大伙儿说声再见，至少得说一声哈啰，不管怎么着，总得说声哈啰呗！”跟大部分犯人一样，网球迷夜里梦呓，法拉格特听见他问：“有人管你吗？有人管你吗？”酒刺包跟法拉格特揭网球迷的老底。网球迷干体育干了三十年，因为伪造支票逮来蹲班房之前是个熟食店伙计。酒刺包就这么说网球迷，但他从不说自己，虽然他可是一个牢房里的名角，人说他是有史以来第二个劫机的汉子。他威胁驾驶员将飞机从明尼阿波利斯[1]飞到古巴去，因绑票罪判了十八年徒刑。酒刺包从不提这个以及一切跟他有关的事儿，除了他戴的那只大戒指，戒指上嵌着一块宝石，也许只是一块玻璃片而已。“这戒指值两

1　在美国中北部明尼苏达州，密西西比河上游。

万美元呢，”他说，价格一天一个样，“我卖，明儿个我就卖了它，要是有人跟我说这戒指准能救一条人命的话。我是说，要是有一个非常衰老、非常孤单、饿着肚子的人，我能救他的命，得，我卖了。或者说有一个小妞儿，孤苦无助，在这世上没人、没什么东西可以拯救她，得，我把宝石卖了。不过，头件事我得先瞧瞧证件。我得有宣誓书、照片跟出生证明，但要是有人跟我说，我的宝石能把她从坟墓边上救回来，不出十分钟，这戒指，就是她的。”

小鸡二世神聊他在纽约、芝加哥、洛杉矶做珠宝贼的辉煌经历，他的梦话比谁都多，梦呓居然还有叠句。“别指望她给一个低价钱，”他喊道，语气坚决而带点愠怒，“我跟你说了，别指望她给一个低价钱。她不会给你一个太低的价，别指望。”聊起他的一生，他从不细说他成功的故事。他只说他的魅力。“为什么我这么有名气？就因为我长得帅气。我可美啦。谁都知道我可不是一个一般的人。还因为我随和，我非常随和。我给人印象可随和啦。谁让我干什么，我给他们的印象是我都愿试一下。他们会说，那给我尼亚加拉瀑布，给我帝国大厦。是，先生，我总是说，是，先生，让我试试。我可不是个一般的人。”

跟网球迷一样，绿帽子也神气活现地来搭讪。绿帽子来拜访他时，他已蹲了一个星期班房，还没混进他们那一帮里去。绿帽子是一个胖子，一脸粉红，头发没剩几根了，笑起来显出一种恼怒、过分做作的样子。最有意思的是他居然干起买卖这行当来。谁从食堂偷出两把汤匙，他付一包薄荷烟。他在车间里把汤匙打成手镯，监狱下士沃尔顿将手镯藏在内衣里偷运出去，在就近城里的礼品商店里销赃，标明手镯为死囚所做。他们将一副手镯卖二十五美元。得上这么点儿钱，他没少给自己班房买火腿罐头啦，鸡啦，沙丁鱼啦，花生酱啦，饼干啦，糕点啦，用这些玩意儿吸引哥们儿来听他讲他老婆的趣事。“让我给你来一块火腿，”他对法拉格特说，“坐下，坐下，尝尝这片鲜火腿，但先让我告诉你我怎么到这儿来的。我不小心宰了我老婆。我宰她那晚，她告诉我三个小崽子全不是我的。她还告诉我，我付钱的那两次打胎，那次流产，也不是我的。我一下子就干掉了她。即使平时没事儿，也信不过她。有那么一两个星期，我们整天待在一块儿做爱。我是做买卖的，那一阵儿正是淡季，我们待在家里做爱啦，吃啦，喝啦。她说，咱俩别老那么做爱没完没了，得分开去度假，我看得出来她这是什么意思。我是真爱她呀。她说，咱俩分开那么一两个星期，然后再会面，敢情这不好吗？敢情这不美吗？是不是呀？我明白她的意思，就上路瞎逛游好几个星期，有一夜，在南达科他，我喝醉了，跟一个不认识的女人睡了一觉，我觉得心里怪不好受的，一回到家，脱掉短裤，我琢磨，我得跟她坦白，告诉她我不干净了。我这么说了。她可好，吻了我一下子，说那没事儿，她很高兴我跟她什么都摊出来，她自个儿也有事要告诉我。她说，我离家的那一天，她要了一辆出租汽车到城那边去看她妹妹，那司机有一双亮闪闪的黑眼睛，死盯着她，得，当司机十点下班时，她跟他干上了。第二天，她去梅尔彻商店买猫食，目睹一场汽车相撞的事故，英俊的州警察盘问了一番后，问能到她家继续这场盘问吗，得，她跟他又干上了。那晚，就在那天晚上，一个中学同学来家，她刚跟别人干完，又干上了。第二天上午，就在第二天上午，她去哈里站加油，又迷上了那加油的，吃中午饭时，他来到家里。所以我穿上短裤，走出屋子，到街角酒吧去消磨时光，足足待了两个小时，两个小时之后我才爬上她的床。”“给我一片火腿吧。”法拉格特说。“哦，当然啦。”绿帽子说。他既吝啬又贪婪，法拉格特只得到一片极薄的火腿。小鸡儿跟绿帽子讨价还价，倘若绿帽子不答应请他吃上一定量的东西，他就不进绿帽子的班房门。

那晚，排队领晚餐时，法拉格特站在酒刺包和网球迷之间。他们吃米饭、猪牛肉混合香肠、面包、人造黄油和半罐桃子。他在手心里藏上三片面包喂猫，跑回 F 牢区。小跑给了他一种自由的幻觉。在牢区尽头，小不点儿正坐在桌前吃外面送来的晚餐。餐盘上躺着一片诱人的伦敦烤肉，三只烤土豆，一罐豌豆，另一个餐盘上搁着整整一大个店里烤制的蛋糕。法拉格特一闻到肉香，不禁大声唏嘘。饮食是在他生命中最近才揭示出来的真理。他曾经争辩过，圣餐吃多了，也是有滋养作用的。有时候有些教堂在圣坛上烤面包——热烘烘，香喷喷，有一层焦脆的面包皮。吃吧，记住我[1]。作为一个基督徒和一个人，在生命一开始时就跟饮食打上了交道。他在什么地方读到过，突然中断哺乳会给婴儿带来创伤，他记得他妈曾经急着将奶头从他嘴里拔出来，生怕误了打桥牌；但这无异于一种自我怜悯，他不希望在自己的感情色彩中带有任何自我怜悯的成分。食物就是食物，饥饿就是饥饿，他的半饥的肚子跟烤肉的香味一联系起来，是足以把神鬼劈成两半的。"吃得挺香啊。"他对小不点儿说。一个房间里的电话在一个劲儿地丁零响着。正在放电视，大伙儿严格抽签，大部分人选了球赛。电视，跟生与死的任何形式都是背道而驰的电视，是浅薄而带有极大偶然性的；这真是一种讽刺。

所以，当你躺着快死的时候，当你站在铁窗后面瞅着空荡荡的广场的时候，你听见一个人，一个半像人的人，一个像人一样的声音，这种人，蹩脚理发师、裁缝师和化妆师的受害者，你在学校或者学院里碰见，是不屑于跟这种人说话的；你听见这种人在电视上嚷喊道："我们怀着极大的喜悦，送第二百七十五大道 11235 号查尔斯·奥尔康太太一台四开门、跟

1　耶稣和门徒同进最后的晚餐时，称饼和酒为自己的身体和血，是为众人免罪而舍弃和流出的，命后世门徒常如此行之以纪念他。

教堂一般硕大的电冰箱，内装二百磅嫩牛肉，足够供六口之家享用长达两月之久的副食品。还备有宠物食品。哦，别哭，查尔斯·奥尔康太太——哦，亲爱的，别哭，别哭……其他优胜者也将获得本资助公司一套产品赠礼。”他寻思，平庸讽喻的时代，画外音的时代早过去了。给我和谐，深深的河流，这不可改变的深深的怀旧吧，给我爱情和死亡吧。小不点儿开始号喊起来。他通常是一个很通情达理的人，而眼下嗓门却特别高，震撼着一切，显得十分癫狂。“你他妈的操老鼠的、操鸡巴的地儿，你这贼地儿，这臭跳蚤窝。”

这些脏话使法拉格特回忆起遥远的跟德国人和日本人打仗的年月。“在他妈的前线步兵连，”他或者任何一个士兵都会这么诅咒道，“发给你的却是支他妈的不管用的 M-1 型枪，冒充他妈的卡宾枪的他妈的 03 型，他妈的谁也不要的勃朗宁自动步枪，他妈的六十毫米的迫击炮，那玩意儿，你得调他妈的瞄准器，对着那他妈的目标。”脏话，好像一种兴奋剂，挂在嘴上，加重语气，可是“他妈的”这词，对于法拉格特来说，后来仅仅存在于对旧日模模糊糊的回忆之中而已。“他妈的”就意味着 M-1 型枪，六十磅行军背包，抄起上钩的鱼的抄网，发散出臭味的太平洋小岛，无线电上传来“东京玫瑰”[1] 的声音。

1　第二次世界大战时，日本电台对美军广播宣传的美籍日裔播音员户栗郁子。

眼下，小不点儿真正的发火唤回了他的过去，已经不太明晰了，因为往昔并没有包含多少甜蜜的回忆，但那却是他一生中实实在在的、值得纪念的四年。绿帽子走过门口，法拉格特问道："小不点儿怎么啦？""哦，你不知道吗？"绿帽子说，"他正坐下吃饭那当儿，副典狱长打来电话，要他检查一下工票。回到桌边，好家伙，两只猫，大猫啊，吃光了他的牛排和土豆，在盘里拉了屎，正啃着他的蛋糕呢。他一把揪掉了一只猫的脑袋。另一只猫逃走了。揪猫脑袋时，猫咬他，咬得厉害极了。他被咬出了血，血淋淋的。我想，他眼下上医务所去了。"

倘若建造监狱使任何有生命的东西感到愉快的话，那就莫过于猫了，虽然这种由观察而得到的警句使法拉格特感到非常不舒服。然而事实是，受过训练的人们用制图板、泥瓦活小工、灰浆和石头建造了剥夺他们同类自由的建筑物。猫儿最得益了。即使它们中最肥的，六十磅的大猫，也可以钻进铁栅栏，这儿有的是供捕猎者享用的老鼠，有的是供多愁善感者垂怜、供爱开玩笑者耍弄的苦恋的男子，这儿有的是猪牛肉混合香肠、肉丸、搁了一天的面包和人造黄油。

法拉格特见过卢克苏尔[1]、开罗和罗马的猫；但如今人们周游世界，不时写点明信片，甚至一本本书，记载世界的风光，

1　埃及古城，在埃及北部尼罗河东岸。

再将监狱里的幻影一般的猫和古代世界出没的猫联系起来。他养过狗，并不十分喜欢猫，但他现在改变了。在猎鹰者监狱，猫比犯人还多，就算两千囚犯吧，那算下来也足有四千只猫。猫身上发散出来的味儿比任何别的味儿都更强烈，但它们逮大小耗子。法拉格特特别喜欢一只猫。其他人也各有其宠爱的猫——有的人甚至有六只。有些犯人的老婆还给捎来猫食——总之，是一些类似猫食的玩意儿。孤独使这些与社会不相妥协的人们热爱起猫来，因为孤独是可以改变世上的一切的。它们暖暖的，一身细茸毛，它们是有生命的东西，它们给人们倏忽的一瞥里面有动情、机智、独特以及偶尔的优雅与美。法拉格特叫他的爱猫为“强盗鬼”——因为它黑白相间，脸上好像有个面具，跟驿站马车蒙面强盗或浣熊差不多。“嗨，猫咪。”他喊道。他将三片面包放在地上。强盗鬼先将面包上的人造黄油舔掉，然后以一种猫特有的优美体态吃面包皮，一会儿蹦到厕所喝口水，再回来将软和的全啃完，纵身一跳，落在了法拉格特的膝盖上。它的利爪扎进囚裤里，仿佛玫瑰的芒刺。“我的好强盗鬼，我的好强盗鬼。你知道什么哟，强盗鬼？我老婆，我唯一的老婆，今天来瞧我啦，我眼下还弄不明白到底该怎么琢磨她这次探监呢。我还记得瞅着她从这儿走出去的。该死，强盗鬼，我爱她呀。”他用大拇指和中指在猫耳根那儿搔痒。强盗鬼得意地大声咕噜咕噜，闭上了眼睛。他从没弄清楚过猫的性别。这使他想起探监室里那对美籍墨西哥裔夫妇。“好极了，强盗鬼，你没让我性兴奋起来。我跟我的下身老是不协调。有一次，我爬阿布鲁齐[1]的一座山。六千英尺哪。据说，那儿的森林里有许多狗熊。我就为这去爬山的。瞧瞧狗熊。山顶上有一间小屋，天黑之前，我赶到了那儿。我走进去，点了火，吃我带去的三明治，喝水，钻进睡袋，瞧一眼四周想睡啦，可我那该死的下身压根儿没睡的意思。它跳动着，询问到底在哪儿干，为什么爬山却一无所获，我爬山的目的是什么，等等，等等。然后，有个什么动物开始搔扒屋门。一定是只狼或者狗熊。山顶上，除了我，没任何别人。我就跟我的下身说，要是那是头母狼或者母熊，我也许可以让你满足一下。这使它沉思了一会儿，我得睡啦，但是——”

总警报器鸣响起来。法拉格特以前从未听见过，也不知道这玩意儿叫什么，总之是一阵喧闹，很明显它的意思是宣布火灾啦，骚乱啦，异常事件的高潮和结束。警报一个劲儿地乱响，即使作为一种宣言，一种警告，一种紧急待命，一种警铃的作用也早已完成，但还在那儿瞎响着。听上去它无异于一种疯狂，完全失去控制；但它是有人控制和管理的，按一下开关，便可以使一切笼罩在极短暂、极短暂的痛苦之后的那一阵

1　在意大利中部。

甜蜜之中。大部分猫躲起来了，聪明点儿的逃之夭夭。强盗鬼钻进厕所里。铁门哐啷啷打开，闯进来一帮狱卒，为首的是小不点儿。他们全穿着练习救火时穿的黄色防水衣，手里扬着棍棒。

“把班房里所有的猫杂种扔出来。”小不点儿说。牢房尽头有两只猫，以为小不点儿有吃食，向他这儿奔将过来。一只大个儿，一只小个儿。小不点儿高高地扬起棍棒，伸直手往下一抽，刹那间猫给劈成两半。这时候，另一个看守对准大猫的脑袋揍去。血、脑浆、内脏溅了黄色防水衣一身，瞧着这场厮杀，法拉格特牙齿咬得咯咯直响；牙帽啦，填料啦，补复的牙啦，全开始疼起来。他猛转过头来，瞅见强盗鬼正往关着的门那儿冲撞。瞧见这理智的一举，他很高兴，强盗鬼使他免除了小不点儿和小鸡二世正在进行的一场尴尬的对峙。“将那只猫扔出去。”小不点儿对小鸡二世说。“你别杀我的猫咪。”小鸡儿说。“关六天禁闭。”小不点儿说。“你别宰我的猫咪。”小鸡儿说。“关八天禁闭。”小不点儿说道。小鸡儿不再说什么了。他正死抱住他的猫。“你只配待隔离牢房。”小不点儿说，“禁闭一个月。”“我还要回来要回它。”有个犯人喊道。

猫的命运是一半对一半。一半猫咪窥视了一下屠夫，蹿到紧闭的门前。一半在牢房里徒然地乱窜，嗅着它们同类的血，有时还舔上几口。有两个狱卒呕吐起来，六只猫咪舔了呕吐物暴死。那些待在门前，等着打开门的猫，是垂手即可就逮的猎物。等到第三个狱卒一吐，小不点儿说道："得了，得了，今晚够了，但这还远不能赔偿我的伦敦烤肉。让救火支队来打扫。"他做了个打开门的手势，门往上一卷，六只，也许十只猫窜逃了出去，使法拉格特想起不可战胜的业绩。

救火支队拿来了簸箕、铲子和两卷软管。他们将牢区冲洗了一番，铲起了所有的猫尸。他们也冲洗班房。法拉格特爬上床铺，跪在那儿，吟咏道："可祝福的顺从者啊。"但记不起来往后发生了什么。

3

法拉格特是一个瘾君子，他感到抽鸦片烟的人的意识，比从未吸过毒的人的意识更广阔、更开拓，比他们更能代表人的条件。他所需的毒品无非是土地、空气、水和火的浓缩物。他是必然要死亡的，他的吸毒是他这种必死的命运极限的一个美丽的说明。他是在一场战争中开始吸毒的，那是在一个岛上，天气闷热难耐，身上多毛的部位全生了化脓血的热带烂疮，敌人全是些杀人狂。连里的卫生员买来了好几加仑的一种黏糊糊的黄色的咳嗽药浆，每天清晨，让“住院”的大兵喝上一杯这种药浆，然后去打仗。吃了这种药，对于炙热的天气、化脓的疥疮和谋杀，都处于一种十分平和的心境。然后是苯齐巨林[1]，苯齐巨林和他每天分到的啤酒定量支撑他度过了战争的岁月，回到了美国海岸，回到了家，回到了妻子的身边。他听到的每一个声音都鼓励他吸毒，他毫无内疚地从吸苯齐巨林到吸海洛因。昨天是忧虑的时代，肉欲的时代，而今天，他的一天，他的上午，却是神秘的、冒险的行针吸毒的时代。他的一代是吸毒的一代。这是他的学校，他的学院，他的旗帜，在这旗帜下他迈步走向战场。吸毒的宣言登载在每一张报纸上，每一本杂

1 安非他明的商品名。

志上，挟带在每一个空中的音波中。吸毒是先知的律法。他开始教书时，他和系主任在一堂大课之前要注射麻醉剂，承认他们所期望于这世界的不过是罂粟花精而已。这既是挑战，又是回应。大学的新建筑物超出了人类的规模，人类的想象，人类最荒诞的梦。他驱车去大学走过的桥梁是工程计算机运算的精华，一种机械的圣灵。将他从一所大学送往其他大学的飞机直冲云霄，飞到的高度是人无法生存的。他从英语和哲学系的窗口可以窥见高大的楼房里正在教授科学，而哲学却造成了科学的破坏性。有的人这么愚蠢，他们对于这种致命的矛盾无动于衷，过着一种懵懵懂懂的、毫无成就的生活。他回忆起自己没有开始吸毒时的生活，那时，他一头金发，穿着质地考究的法兰绒短裤，半裸着，漫步在幽黑的海洋和一排花岗岩石狮之间的白茫茫的沙滩上；在脑海中寻索这种回忆是可鄙的。一种不吸毒的生活，无论事实上还是精神上都是他往昔生涯上的一个遥远的、卑鄙的点——犹如双目显微镜压在望远镜上，镜片叠在镜片上，目的只是为了寻找遥远的夏日一个微不足道的人影而已。

但是，在他作为抽大烟的人的宏阔的意识中——还没一粒沙大——他知道，要是他被激发起来的对于尘世毒品的知识被割断，他将面对一场残酷的、非自然的死亡。众议员和参议员有时候访问监狱。监狱当局很少让他们知道监狱发放美沙酮的事，有两次他们偶然撞见，便竭力反对把纳税者的血汗钱白白地花在支撑吸毒重罪囚犯身上。他们的抗议并不很有成效，但是法拉格特对访问监狱的参议员却怀着不共戴天的仇恨，因为他们想谋害他。在我们中间随处可以找到对于死亡的恐惧的迹象；但是抽大烟者的伟大的智慧却神妙地集中在毒品这一关键问题上。在一个伟大显要人物的祝福下，去饿死，去烧死或者去淹死，压根儿没什么了不起的。法拉格特想，所有欣喜若狂的经验都需要毒品的刺激。教堂需要毒品。牧师说，吸下这个，请记住我吧，要永远感恩，并将安非他明放在跪着的男子的舌尖上。只有抽大烟的能真正理解死亡的痛苦。一天上午，散发美沙酮的护理员打了个喷嚏，这喷嚏对于法拉格特来说却是一种不祥的、可怕的预兆。这护理员也许染上了感冒，考虑到监狱的官僚作风，不可能允许任何别的人来发放美沙酮。这喷嚏的声音意味着死亡。

星期四搞了一场搜索违禁品的行动，牢区直到晚饭后才让入内。八点钟光景念了违禁分子的名字。绿帽子和法拉格特的名字都在被点之列，两人被唤到副典狱长办公室。在法拉格特班房里发现两匙毒品，藏在厕所便桶里。他被罚禁闭六天。法拉格特非常平静地接受这一判决，心里首先想到的是禁闭的痛苦。他对自个儿说，他会以非常宁静的心境来忍受禁闭的。他是典狱长的打字员，以他的学识、效率和速度受到尊敬，但在他关禁闭这段时间，很可能会有个新打字员来取代他，夺走他的工作室、职位、职业和妄自尊大的感觉，他必须面对这种可能性。那天下午，很可能新打字员已经乘坐公共汽车来上班了，他用两倍于法拉格特的速度来开动复印机，窃走他的办公室、椅子、书桌和台灯。法拉格特惴惴不安，担忧着禁闭对他的束缚和对他的自负的威胁，走回到小不点儿那儿，递给他处罚条，问道："我怎么扎针呢？"

"我会过问的，"小不点儿说，"我想，医务所会拿来。明天上午之前，你甭想扎上。"法拉格特眼下倒并不需要美沙酮，但要挨到明天上午，心想今晚就别想安宁了。他脱去衣服，爬上床铺，瞧电视新闻。这两星期的新闻一直在报道一个女杀人犯。还是通常描写的那种类型。她和丈夫住在高级住宅区一幢华贵的房子里。屋子刷成雪白色，院子里种上名贵的枞树，草地和围篱整修得美极了。人们都非常钦羡她的性格。她在主日学校教书，担任女童子军的辅导员。她为三一教堂会餐烧烤的早餐点心远近闻名，在学生家长和教师联谊会上，她的发言总是充满睿智的思想，富有个性和魅力。"哦，她是那么善良，"她的邻居会说，"那么干净，那么友好，她那么爱他，简直难以想象……"她们难以想象的是她谋杀了她丈夫，小心翼翼地抽干了他的血，从便桶里冲掉，将尸体洗得干干净净，并着手矫正、改善他的体态。她先把尸体的脑袋割掉，换上另一个被谋害的人的吸干的脑袋。然后她用第三个被谋害人的下身换掉丈夫尸体的下身，又替换上第四个被杀人的脚。直到她邀请邻居参观这一完美的男人体态，人们才开始起疑。她却失踪了。有人提议研究这具特殊尸体的商业价值，但也没达成什么共识。每晚电视台播一点零碎镜头，末了镜头一转，总是一幢庄严的雪白的宅邸，花木和绿茵茵的草地。

躺在床上，法拉格特感到他的不安越来越尖锐。到明天早晨他也扎不了针。他会死去的。他会被干掉的。他于是回忆过去危及性命的几次事件。第一次，他父亲用私处写出了法拉格特的名字，却试图抹掉字迹。他妈老喜欢讲这么一个故事：有一晚，法拉格特的父亲带回家一位医生，请他吃饭。饭吃到半中间儿，她才发现原来那是个打胎医生，请他吃饭，是为了将法拉格特干掉。这他当然不可能记得，但是他记得跟哥哥在一处沙滩上漫步的情景。那是在一座大西洋岛屿上。在岛的北端有一处海峡，名叫契尔顿海峡。“游泳吗？”他哥哥问道。他哥哥并不喜欢游泳，但人人皆知法拉格特会脱衣跳进任何水中的。他脱掉衣服，正涉水往海中走去时，一个陌生的渔夫从海滩上奔过来，喊道：“停住！停住！你这是干吗？”“我想游一会儿。”法拉格特说。“你疯了，”陌生人说，“正在返潮，即使巨潮不吞掉你，鲨鱼也会干掉你。这儿不能游泳。他们应该在这儿立个牌牌儿——碰上回潮，你一分钟也活不了。这儿绝不能游泳。他们乱花纳税者的钱去竖交通牌啦，车速牌啦，行车指示牌啦，停车牌啦，但是在这个有名的陷人坑却不挂个牌牌儿。”法拉格特感谢了这位陌生人，穿上了衣服。他哥哥已经往沙滩走下去了。埃本一定小跑，甚至是奔了，因为他们之间拉开了好长一段距离。法拉格特追上了他，第一件事他问的便是：“路易莎什么时候从丹佛回来？我记得你告诉过我，我忘了。”“星期二，”埃本说，“她来住几天，赶上露丝的婚礼。”他们就这样一边走回屋，一边聊起路易莎的拜访。法拉格特记得，心里因为能又活在世上而感到幸福。天空是蔚蓝色的。

法拉格特曾被关在科罗拉多州的一个康复中心戒毒，医生发现海洛因已经损伤了他的心脏。治疗了三十八天，临走前，医生给了他许多叮嘱。他是作为门诊病人出院的。因为心脏的缘故，六星期之内他不能爬楼梯、开车或者干任何使劲的事儿。他必须避免温差太大的气候，特别要避免过分激动。任何性质的激动都会置他于死地。医生给他瞧了惯常使用的告诫的图示：铲雪啦，走进一间闷热的屋子啦，跟老婆吵嘴啦，都不行。这一切像子弹一般穿过他的脑袋。法拉格特搭上东行的飞机，一路平安无事。他要了一辆出租汽车驶回家，马西娅让他进了寓所。“嗨。”他喊道，弓下身子去亲吻她，而她却转过脸去。“我现在可以待在家里养病，”他说，“吃无盐食物——当然不是绝对无盐，只是别加盐就是了。我不能爬楼梯、开车，我要避免激动。这还不好办？也许我们得去海边。”

马西娅穿过长长的大厅，走进他们的卧房，砰地关上了门。这一声够震耳欲聋的了，她唯恐他没听见，又打开门，砰地关上。这可马上要了他心脏的命。他眩晕起来，呼吸急促。他趔趄着摸到起居室的沙发，一头就栽了下去。他太痛苦了，害怕想到吸毒者归家原来并不那么罗曼蒂克。他睡着了。当他苏醒过来时，天已经黑了。心仍然怦怦直跳，眼前的一切朦朦胧胧的，他感到十分的孱弱和惊惧。他听见马西娅打开他们房间的门，走进大厅里来。“你要什么吗？”她问道。语调简直可以把人吃掉。

“一丁点儿善意，”他说，他是无助的，“一丁点儿善意。”

“善意？”她问道，“敢情这时候你还能从我这儿得到善意？你干了些什么使你配得到这份善意？你给了我什么？累死人的活儿。浅薄的、毫无意义的生活。净是灰尘啦，蜘蛛网啦，开不动的汽车啦，点不着的打火机啦，澡盆圈啦，厕所啦，不管用的水箱啦，世界赫赫有名的性堕落啦，一会儿酒精中毒住院，一会儿染上毒瘾，一会儿断胳膊断腿，一会儿脑震荡，而眼下又是严重的心脏病。这就是你给我的生活带来的玩意儿，可你还指望从我这儿得到善意。”他的心脏怦怦跳得更厉害了，一切朦朦胧胧的，模糊不堪，他昏睡过去，当他醒来时，马西娅正在厨房里烹烧什么，他还活着。

又出现了埃本的身影。那是纽约高级住宅区的一次宴会。有些客人正在离席告辞，他站在一扇打开的窗前跟客人道再见。那是一扇偌大的窗户，他站在窗台上。窗户下面是两幢建筑物之间的通道，围着铁栅栏，一根根栏杆就像长矛一般戳在那儿。他站在窗台上时，有人飞速推了他一把。他也许是跳出，也许是掉出窗口，幸好没戳到铁栏杆上，双膝着地，跪跌在地上。有一位正告辞的客人赶紧奔回来，帮他站立了起来，他嘴里还一个劲地跟客人聊下次什么时候再会面。他这样做是为了避免往窗户那儿瞧，究竟是谁推了他一把。这他不想知道。他扭了脚踝，擦破了膝盖，但他竭力不再去琢磨这件事。埃本有次突然问道："你还记得在萨拉家的那次宴会吗？那次你喝得像个醉猫，有人一把把你推搡出窗外，还记得吗？""记得。"法拉格特说。"我从没告诉别人那是谁干的，"埃本说，"是那个从芝加哥来的人干的。"法拉格特想他哥哥这么说是自个儿露馅，而埃本却似乎有一种如释重负的感觉。他耸起肩膀，抬起脑袋，开始使劲踢躺在地上的落叶。

灯熄了，电视关了。网球迷开始梦呓："有人管你吗？有人管你吗？"法拉格特躺在床铺上，想到明天早晨，他也许要完蛋，寻思跟囚禁比较起来，死亡自有它的好处。死者至少有整体的回忆和缺憾，而他，一个囚犯，发现自己对于光辉灿烂的世界的记忆是破碎的，断断续续的，大部分是由偶然闻到的味儿撩拨起来的——青草啦，皮鞋啦，淋浴水管里的水啦。他仍然还有些记忆，但记忆是支离的，病态的。清晨一醒来，他向四周投上疯狂和绝望的一瞥，寻索一个字，一个比喻，一种感触，或者一种气味，它们能够帮助他忍受，但是，他大部分时光是和美沙酮和他的漂荡不羁的小船在一起。在牢房，他似乎是个旅行者，他已经游览了足够多的陌生的国度，充分意识到这种疏远感。这是他在晨光熹微之前醒来的一种感觉：一切，包括他醒来之前的梦幻，都是异己的。他是用另一种语言来编织他的梦幻的，醒来时仍然清晰地记得那陌生的床单的质地和气味。从窗口飘来怪异燃料的怪异的味儿。他在怪异的、锈色的水中游泳，用怪异的、原始的手纸擦屁股，走下陌生的楼梯，端上来的却是一盘陌生的、令人十分生厌的早餐。那是游历。这儿也是这样。他所看到、触摸、闻到和梦到的一切都是疏远的，但是这块大陆或民族——在那儿他也许将度过有生之年——却没有国旗，没有国歌，没有君主，没有总统，没有税收，没有边界或坟墓。

他睡得糟透了，醒来时觉得自己形容枯槁。小鸡二世给他拿来麦片粥和咖啡，他的心跟他的表在一起跳动。要是九点钟不送来美沙酮，他会死去的。那不像电椅或者绞索，他可以自己走将进去。八点五十五分他开始冲着小不点儿喊："我要扎针啦，是时候啦，让我去医务所扎针。""得了，护理员在那边还有好多人要管呢，"小不点儿说，"等一会儿送来班房。""也许他们压根儿不送。"法拉格特说。他坐在床铺上，紧闭上眼睛，竭力使自己进入一种懵懂无知的状态。这只延续了几分钟。他又吼叫起来："我要扎针，看在上帝的分上！"小不点儿继续点工票，但法拉格特瞅不见他。没去工场的犯人在一旁瞧着。只有绿帽子的班房上了锁。副典狱长奇泽姆走了过来，后面跟着两个笨蛋。"我听说你撤销了扎针，安排了场好戏看。"他说。"是的，"小不点儿说，"其实这并不是我的意思。"他没有从工票上抬起头来。"把所有空桌子都挪走。好戏就开始。"

法拉格特胳肢窝里、裤裆里、眉毛里开始沁出大颗大颗的汗珠。汗珠沿着肋条往下直淌，裤衩全湿透了。眼珠子燃着火焰。他心里仍然还有百分数概念。视力将减弱百分之五十。直至浑身大汗淋漓，他开始瑟瑟发抖。先是手不听使唤。他把手垫在屁股底下，但脑袋瓜子又开始颤抖起来。他站起来。全身打哆嗦。右臂甩出去。他赶紧收回右臂。左腿抖抖索索升到了空中。他把它硬压下去，左腿又舞升起来，活像一只活塞。他一头栽到地上，将脑袋瓜子使劲往地上磕碰，竭力想得到痛苦带来的理性。痛苦会赋予他宁静的。当他意识到这样仍然得不到宁静，他想方设法上吊自尽。他花了牛劲儿，试了数不清的次数才找到皮带扣。然而，手又不听使唤，飞舞开去，又花了一番工夫，将手缩回来，按在皮带扣上，把它解了开来。他还跪在地上，脑袋顶在地上，猛一使劲，将皮带从裤腰里抽将出来。大汗止了。一阵阵的寒意攫住了他。他已经不是跪在地上，而是像一个游泳的人在地上爬着，蛸蛸爬到一把椅子边上，将皮带扣上，打成个圈儿，挂在椅子的一只钉上。他正想自缢的当儿，奇泽姆喊道："把这小子卸下来，给他扎针。"小不点儿打开班房的门锁。法拉格特已经看不清什么了，但还能瞧见这门锁，班房门锁一打开，他猛一下蹦起来，跟小不点儿撞了个满怀；当他刚冲出班房门往医务所奔去的路上，奇泽姆操起一把椅子直往法拉格特的脑袋上砸去。当他在医务所苏醒过来时，左腿已经上了石膏，脑袋绑着纱布。小不点儿穿着便服，站在身边。"法拉格特，法拉格特，"他问道，"干吗吸毒呢？"

法拉格特没有回答。小不点儿拍拍他的脑袋。"我明天给你带点新鲜西红柿来。我老婆子做了五十罐西红柿酱。我们早饭吃西红柿，中饭吃西红柿，晚饭还是西红柿。就这么吃，还有剩的。我明儿个给你带点来。你还需要什么吗？"

"不要什么了，谢谢你，"法拉格特说，"我喜欢吃点西红柿。"

"你干吗吸毒呢？"小不点儿问道，然后走了。

法拉格特并没有因为这一问题而感到困窘，但他因此而感到有点激动。他沾染上毒瘾，几乎是非常自然的。他是由经营违禁品的父母抚养长大的。并不是那种麻醉品，而是违禁的精神、智力、性欲刺激品。他是像列支敦士登那样的边境公国的公民和产物。他并没有游览过多少奇山异水，而护照上却有不少签证，他做精神违禁品买卖，讲四国语言，不过说得很差劲，只知道四个国度国歌的歌词而已。有一次，当他和哥哥坐在基茨布厄尔[1]的一家咖啡馆里，听着音乐会，埃本猛一下子跳将起来，脱下蒂罗尔帽[2]，按在心口上。“怎么啦？”法拉格特问道。埃本说：“他们要奏国歌了。”但乐队奏的却是《牧场之家》[3]，法拉格特还记得这一切表明他家在政治、精神和性欲的水准上都希望成为全才。这也解释了他为什么成为一个吸毒者。

法拉格特记得他妈妈穿着一件珊瑚色的礼服，礼服上绣满了珍珠，从一座圆形的楼梯走下来，去听歌剧《托斯卡》[4]；他记得他妈在通往科德角[5]的大街上给人加汽油的情景，那是一个永远难以忘怀的地方，一片矮松树林，从苍白的天色和带咸味的风可以知道大西洋近在咫尺。他妈妈并不真正穿网球鞋，她穿一种运动鞋，礼服的前摆比后摆要低得多。他记得她好几

---

1 奥地利城市。

2 奥地利蒂罗尔人戴的一种帽子。

3 美国歌曲，创作于1873年，是美国游牧时代的代表作。美国国歌为《星条旗》。

4 《托斯卡》，三幕歌剧，意大利作曲家普契尼（1858—1924）所作。1990年初演于罗马。

5 马萨诸塞州东南一座小岛，伸进大西洋，为旅游胜地。

次带着一种随便的口吻，请特伦契一定来赴家宴，村里的人都知道，特伦契家在一星期之内竟然添置了管风琴和帆船。特伦契家是百万富翁——暴发户——还雇个男管家呢。法拉格特家也雇过好几个男管家——马里奥，范恩达，契德威克——现在却宣称还是自个儿管事有点儿乐趣。法拉格特家是那种曾居住在维多利亚时代样式的府邸里的人物，卖了房之后，才移居到老家祖传的家宅。这包括一幢破旧而辉煌的18世纪的宅邸和两个索科尼牌加油泵。加油泵就放在屋子前面，那儿原先是祖母闻名遐迩的玫瑰园的所在地。当乡人广泛流传他们家破产、要回家开加油站的消息时，法拉格特的姑母路易莎径直奔来屋子，站在厅道里，尖声嚷道："你们不能干加油买卖！""为什么不能？"法拉格特的妈妈问。路易莎姑妈的司机走了进来，将一箱西红柿放在地板上。他腿上绑着绑带。"因为，"路易莎姑妈说，"你将失掉你所有的朋友。""正相反，"法拉格特的妈妈说，"我倒要瞧瞧这些朋友是哪号人。"

后弗洛伊德一代的精英是瘾君子。要不则像那些你经常可以在鸡尾酒会见不得人的后轩所见到的精神重建病人。他们看上去似乎完好无损，但如果你在一个不幸的时刻触着了他们不该触碰的地方，他们便会像牌戏一般软塌在地板上。吸毒成瘾是有症状的。抽大烟的知道。法拉格特记得一个名叫波利的抽大烟的同伙，她妈妈是个打零工的录音棚和夜总会的歌女。她名叫科琳。当科琳声名日衰、正重整旗鼓的时候，法拉格特带着波利去拉斯维加斯瞧她妈妈一次极为成功的演出。这次演出给科琳带来极大的声誉，使她从一个曾经昙花一现，但久已默默无闻的歌女一跃成为世界第三闻名的灌录唱片的明星，这当然是很重要的啦，可他记得为自己肥胖时时犯愁的波利在她妈第一次宴请评论界的宴席上却一口气吃掉了桌上所有的面包和黄油。当这结束时——法拉格特当然是指宴席——在座的客人全部站起来，而波利一把抓住他手臂，喊道："那是我妈，那是我亲爱的妈。"是的，那是亲爱的妈妈，在一个污秽的、糟糕透了的地方，那儿闪烁着宝石幽幽的蓝光，事实上是一个让人们寻欢作乐的地方，除非你抽大烟，你能把这一切与催眠曲和哺乳协调起来吗？对于法拉格特来说，"妈"这个字跟一个加汽油、在议院行屈膝礼和用小槌轻拍讲坛的女人的形象联系在一起。这使他迷惑不解，他把他的这种迷惘归咎于艺术，归咎于德加[1]。有一幅德加的画，画着一位妇女和一盆菊花，在法拉格特的意念中，这位妇女就代表"妈"的伟大的庄严性。而现实的生活却总让他将自己的妈妈，一个臭名远扬的纵火犯，势利眼，加汽油的，打飞靶能手，跟这位陌生的、伴随在带有苦涩味的秋花旁边的妇女形象比较。为什么宇宙要制造这种差

1　即埃德加·德加（1834—1917），法国印象主义画家。

别和鸿沟呢？为什么他要受到激励去孕育这样一种广阔的悲伤的心境呢？既然他不是由鹳鸟从另一个星球上叼来的[1]，为什么他和所有的人都以为这是真的呢？抽大烟的知道得更清楚。科琳重整她的声誉、获得巨大成功之后，举行了一次盛大的庆祝成功的宴会，当他和波利走进宴会大厅时，妈妈给她的独生女儿，唯一的一个孩子，下了一个直截了当的规定。“波利，”她说，“我本可以宰了你。坐在我眼前，就坐在跟前，在我上次庆祝宴会上你一口气吃了一篮的面包卷——足有八个，我数着呢——你还干掉了一整碟冰激凌盒子装的黄油。要是我一个劲儿数你吃的面包卷，我还能管别的事不？哦，我本可以宰了你。”从另一个星球叼来的波利，当然啦，啜泣起来，他带她离开那儿，回到旅馆，两人抽起上等的哥伦比亚可卡因，抽得鼻子出血。除此之外，他们还能干什么呢？波利比正常人至少重三十磅，而他从来不喜欢肥胖的女人；要是这女人不是个黑眼珠的金发美女，除英语之外，什么语言都不会讲的人，要是她不是一个没有独立的收入，又不会念女童子军誓词的人的话，他是绝不会喜欢上她的。

法拉格特的爸爸，法拉格特亲生的爸爸，当他还待在妈妈的肚子里时就希望消灭他，当他知晓这一切之后，如果没有

---

1 英美人旧时骗孩子时会说婴儿是鹳鸟送来的。

从大地汲取智慧的植物的支撑的话，他怎么还可能幸福地生活呢？法拉格特的爸爸曾携带他去原野垂钓，训练他登山，但是当他不再尽这些义务时，他便完全不管儿子，自个儿整日待在特拉弗廷港口玩他的小独桅艇。他神聊说在暴风雨中驾过船——说法尔默思[1]外的暴风雨，他可喜欢啦——但是，在法拉格特一生中，他却看见爸爸老喜欢待在风平浪静的海湾里。他属于那种传统的美国佬，他们对于舵柄和床上功夫都是很在行的。对于与线有关的东西，他是很熟练的——风筝线啦，钓鳟鱼线啦，泊船线啦——他能带着一种非常权威的神色将浇花园的软管卷起来，这种权威的神色，在法拉格特看来，无疑像一位王子。除了跟一个漂亮美貌的女人跳德国华尔兹舞之外，老人特别腻味跳舞，然而，他在船上的一番动作用跳舞来形容最为恰当了。他一扔下缆绳，就开始跳起来，跟孔雀舞一样的严格、彬彬有礼而优美。飑线啦，贴风驶帆啦，雷鸣啦，闪电啦，都无法扰乱他舞步的节奏。

哦，海洛因，陪伴着我吧！当法拉格特二十一岁光景时，他就开始在纳纽埃特为少女初入社交界而举办的舞会上大出风头。“纳纽埃特号”是1672年靠上新世界海岸的。远航队的领

1　法尔默思在马萨诸塞州，法尔默思外是勃扎兹湾，那儿风浪并不大，揶揄他吹牛。

队名叫彼得·文特沃思[1]。哥哥埃本离家远走，爸爸老喝醉，成天疯疯癫癫的，法拉格特自然就成了文特沃思主要的男性继承人，所以他就成了这种舞会的明星。他将加油站交给哈里——一个患大脑性麻痹的病人，穿上爸爸的燕尾服，别提有多快乐了。这又是一种生活在社会边缘的令人激动不已的地方，自然这也是他抽上大烟的原因。他爸的燕尾服合身极了。它是用高级的黑绒面呢裁制的，跟大衣的质料一样沉甸甸的，法拉格特寻思，他穿上燕尾服一定瞅上去非常英俊。他驾上任何一辆可以发动的汽车进城，带着一位由委员会根据财产和社会关系给他挑选的初入社交界的姑娘，步入主要的包厢，对那儿的客人彬彬鞠躬行礼。然后他跳舞跳上一整夜，到清晨才回加油站。

法拉格特家是那种声称由传统支撑着的人家，事实上支撑他们的是一种对于可行的权宜之计的热烈追求，而不是一种持续性。当他们还住在维多利亚时代样式的府邸里时，在星期四和星期日他们常去俱乐部吃晚饭。有一晚法拉格特记得特别清晰。他妈将车开到车辆出入门道下。那是一辆名叫“约旦蓝孩”的有顶篷的汽车，他爸抽奖得的。那晚，他爸没跟他们在一起，也许正在独桅艇上呢。法拉格特坐进“约旦蓝孩”，而他哥却只将一只脚踩在汽车踏板上。埃本是一个很帅气的年轻

1　彼得·文特沃思和保罗·文特沃思兄弟两人是英国 16 世纪清教徒领导人。

人，但那晚他脸色非常苍白。“除非你用姓称呼侍者，”他对妈妈说，“否则我不去俱乐部。”“他姓，”法拉格特太太说，“霍顿。”“该叫霍顿先生。”埃本说。“行啊。”法拉格特太太说。埃本上了车。法拉格特太太并不是故意瞎开车，她视力减退，一上路，她简直成了死神的使者。她已经轧死过一只硬毛杂种猎犬和三只猫。埃本和法拉格特全闭上眼睛，听到车辆碾在俱乐部车道的碎石路面上时才敢睁开。他们在一张桌边坐下，当侍者前来欢迎他们光临时，妈妈问道：“今晚你有什么可以吸引我们的呢，霍顿？”“对不起。”埃本说了一声。他扭头就离开餐桌，走回了家。当法拉格特回到家，他发现他哥——一个大人了——在他卧房里哭泣；但是，即使埃本，他唯一的哥哥，也不是始终一贯地恪守这一信条的。好多年之后，他们在纽约会面去喝酒时，埃本老是拍打手心使唤侍者。一次，侍者领班干脆请他们离席，法拉格特对埃本说要想引起侍者的注意还可以采取更简单、更易为人接受的方式，埃本却说道：“我不明白。我压根儿不明白。我只是想叫他们拿酒来罢了。”

鸦片使法拉格特以一种庄严的心情回忆起他爸第一次死乞白赖要自杀的情景，那时他还不到十六岁。他肯定没有记错年龄，因为他那时还没拿到汽车驾驶执照。他从加油站回家，发现晚饭餐桌上只放着两个人的餐具。“我爸呢？”他急躁地问，因为法拉格特家培育的语言的简洁性是为在礼节性的或家族聚会的场合上使用的，人们很少问问题。他妈唏嘘一声，给他递上甜菜土豆肉丁[1]和清水芙蓉蛋。法拉格特已经有点嗔怒了，又说：“我爸在哪儿？”“我不知道，”他妈说，“我下楼做晚餐时，他塞给我一张长纸条，上面写满了我的不是，说我不配当女人啦，妻子啦，母亲啦。一共有二十二条罪状。我没念完，便扔进火里烧了。他来气。他说他要去楠格萨吉特跳水寻死去。他一定搭便车去了，他没开家里的车。”“请原谅。”法拉格特十分真诚地说。在这里没有任何讽喻的意思。他家有些人临死时是有许多事要嘱咐的。他跳进车里，径直往海滩驶去。这就是为什么他记得他还没够十六岁，因为在赫普沃思村有一个新来的警察，他一生中唯一的一个曾经让他停车检查执照的警察。这个赫普沃思村警察找他家碴儿，是有道理的。法拉格特认识所有海边村子里的警察。

车一到楠格萨吉特，他就往海滩奔去。这已是泳季收尾的时候了，天色朦胧，没有游泳的人，没有救生员，除了被污染得够呛的涨潮的海水之外，压根儿什么也没有。夜色深沉，他怎么能看到海水中有没有他的父亲？他沿着海滩的半月形沙道走去。游乐园还开着。他还可以听见从那儿飘来的音乐，带着非常谐谑的调儿，那是属于过去时代的音乐。他瞧着沙砾，竭

1　这是由牛肉丁、甜菜、土豆和蔬菜烩成的菜，因含甜菜，故呈红色。

力控制住自己别哭出来。那年海滩上举办了一次大型的日本草鞋和穿盔戴甲的武士玩具展览。海滩沙砾间散乱地扔着夏日的断胳膊缺腿的武士和古怪的草鞋。从亲爱的海面传来海的呼吸声。过山车还开着。他可以听见过山车在轨道衔接处撞击的辚辚声和阵阵非常响亮的笑声——这欢笑声在那般景色中似乎是徒有其乐了。他离开了海滩。他穿过大路，来到游乐园大门口。大门的门面显示出意大利移民的风格。意大利来的工匠修建了灰泥和水泥墙，描摹着罗马番红花图案，饰以美人鱼和扇贝壳。在大门的拱顶上，画着手拿三叉戟的波塞冬。在墙的另一端，旋转木马正在转着。上面没有一个人。笑声是从站在一旁瞧过山车里的人那儿传过来的。法拉格特的爸在过山车里，用一只空瓶子假装在喝酒，过山车每次往上冲时，他装模作样似乎想自杀。这种丑态表演取得了极大的成功。观众被迷住了。他走去找控制过山车的伙计。“那是我爸，”他说，“能让他下来吗？”伙计对法拉格特笑一笑，充满了怜悯和同情。载着他爸的滑车靠上了月台，法拉格特先生瞧见了他最小的儿子，他不想要的儿子，叫人扫兴的儿子。他跨下车，走到法拉格特身边，他知道不这么着也不行。“哦，爸，”法拉格特说，“在我正成长的时候，你不该这样。”哦，法拉格特，你为什么成了一个吸毒者呢？

上午，小不点儿给他带来四只大西红柿，他感动了。它们吃上去给人一种淡淡的哀愁，使人想起夏日和自由。“我要控告，”他对小不点儿说，“你能给我搞到一本吉尔伯特刑法吗？”“我可以试试，”小不点儿说，“米什金有一本。不过，他出租一个月要四只纸板匣。你有四只纸板匣吗？”“我老婆来，我就能有，”法拉格特说，“我要控告，小不点儿，我不告你。我倒想瞧瞧奇泽姆跟那两个混蛋也到这儿来蹲上四年，尝尝用汤匙吃猪牛肉杂肠和青豆的滋味。也许我能成。你愿做证吗？”“当然啦，当然啦，”小不点儿说，“要是我能的话，我可以做证。我不喜欢像奇泽姆那样，撤销扎针，瞧着别人取乐子。我将尽我所能。”“这案子在我看来简单得很，”法拉格特说，“我是由代表国家和民族的法官判刑入狱的。我监禁期间的药品是由医务界三位有名望的医生开的。而由人民任用的、监督我忏悔自新的这位副典狱长却拒绝给我提供这药品。他却把我行将经受的死亡的痛苦作为一种供观赏的好戏。就这么简单。”

“行啊，你试试看吧，”小不点儿说，“十年，啊，十五年前，有个犯人挨揍，提出控告，他们还真给他伤口植了不少皮呢。‘杀人狂’弗莱迪两颗牙给揍掉了，他提出控告，嗬，他配了两副牙套。除了吃火鸡，他从不戴上。弗莱迪可是个有名的篮球明星，但这是很久以前的事了。二十五年，啊，二十四年前，我们这儿有个球队，从没输过球。明天我休息，后天见。哦，法拉格特，你为什么成了个吸毒者呢？”

法拉格特脑袋上的绷带给拿走时，当然啦，他发现给剃了个大秃瓢，好在医务所也没镜子，他无须担心自己的长相。他试着用手指数脑袋瓜上的缝针，但总得不到一个确切的数字。他问护理员知不知道到底缝了多少针。“哦，当然知道，当然啦，”护理员说，“二十二针。是我到 F 牢区去抬你的。你躺在地上。小不点儿和我找了个担架，抬你到手术室。”法拉格特有能耐将副典狱长奇泽姆送去蹲监狱，对于他来说，这似乎是一个无法抗衡的前景。他是以一种旷日持久的想望终于得以实现的、平静的庄严感来想象副典狱长蹲班房，用汤匙吃猪牛肉杂肠和米饭的场景的。这只是一个时间问题。医生告诉他，他的腿上了石膏，因为伤了膝盖软骨组织。在两次滑雪事故中他扭伤了膝盖软骨组织，但这些事他是绝对记不起来了。他将要跛一辈子，他以十分满足的心情想到副典狱长居然拿他的死亡的痛苦开玩笑，让他成了一个瘸子。

“请再说一次，”法拉格特请求护理员，“我脑袋上缝了多少针？”“二十二,二十二，”护理员说，“我已经告诉你了。你像头猪那么出血。我知道那是怎么回事，因为我从前一直干宰猪的活儿。当小不点儿和我赶到 F 牢区时，满地是血。你躺在地上。”“旁边还有谁？”“奇泽姆，副典狱长，还有萨特劳中尉，蒂利特逊中尉。还有个关禁闭的小子。我不知道他是谁。”“你能把刚才讲过的话跟律师再讲一遍吗？”法拉格特问。“当然能啦，当然啦——这些全是我亲眼见到的。我可是个实打实的人。我见什么说什么。”“我能见律师吗？”“当然能啦，当然，”护理员说，“他们一星期来上一两次。有个犯人法律保护委员会。下次律师来，我就把你的事儿告诉他。”

几天之后，有一个律师来到法拉格特的床边。他的胡须还没有花白，因为他的头发和胡须都长得那么浓密，法拉格特无法确定他的年龄，也看不清他的脸。他的嗓音轻声轻气的。棕色的西服穿得很旧了，右鞋上还沾着泥土，有两个手指甲特别脏。为他学法学所花的钱还没回收齐呢。“早安，”他说，“等一等，等一等。真抱歉来得这么晚，前天才知道你需要法律的帮助。”他拿着一个文件夹，夹着厚厚一大摞文件。“这儿是你的档案，”他说，“我想必要的东西都在这儿了。武装抢劫。判十年有期徒刑。二次犯罪。这就是你的情况，对吗？”“不对。”法拉格特说。“那是夜盗？”律师问，“怀有犯罪目的的破门而入？”“不是。”法拉格特说。“得，那你犯了二度杀人罪。杀兄罪。十八日企图越狱潜逃，被整肃。要是你在这张释放书上签字，就不会有任何控告。”“什么控告？”“企图越狱潜逃，”律师说，“就凭这罪，你得判七年有期徒刑。但是，要是你在释放书上签名，全部的事儿就可以不了了之。”他递给法拉格特文件夹和一支笔。法拉格特将文件夹放在膝盖上，手里拿着笔。“我没有企图越狱潜逃，”他说，“我有旁证。我被关押在具有最安全手段监狱的 F 牢区下层第六号班房。为了取得医生给我开列的药品，我企图离开班房。要是在一个具有最安全手段的监狱里，犯人从第六号班房走出去就构成企图越狱潜逃罪的话，那这监狱无非就是纸糊的废物了。”

“哦，天，”律师说，“那你为什么不去改造一番行为纠正司？”

“行为纠正司，”法拉格特说，“只是法院系统的一个下属机构。判我们入狱的不是典狱长和那帮混蛋。是法院判的。”

“哦，哎哟哟，”律师说，“我背又犯病了。”他硬邦邦往前伸直身子，用右手摸脊背。“我吃干酪汉堡，落下了这病。你有祖传秘方治因吃干酪汉堡而造成的背部肌肉抽搐吗？在释放书上画个押吧，我管不了你，也不管你有什么意见。你知道他们是怎么看待意见来着？”

“知道，”法拉格特说，“意见是屁眼儿。谁都有个屁眼儿，臭得很。”

“哦，哎哟哟。”律师说。他的嗓音听起来既轻柔又充满青春的活力。法拉格特将他的笔藏在褥子底下。“你认识查利吗？”律师问道，非常的柔和，非常的柔和。“吃饭时我见他了，”法拉格特说，“我知道他的为人。我知道谁也不跟他讲话。”

“查利可是一个伟大的人物，”律师说，“他从前一直在帕宁格里诺手下干活，帕宁格里诺是一个大妓院老板。查利在那儿管那帮小妞儿。”他把嗓音压得低低的。“要是有个小妞儿犯了错事，查利就整她，把她的腿往后扒。你想跟查利玩玩往后扒腿——你是想跟查利玩玩往后扒腿，还是在释放书上签字？”

法拉格特迅捷地估量一下可能对他的指控，一把操起文件夹往“胡须”猛扔过去。“哦，我的背，”律师呻吟道，“哦，天，我的背。”他站立起来。他拿上文件夹。他将右手插进裤兜。他似乎没注意到掉了笔。他没跟护理员或者看守打招呼，便径直走了出去。法拉格特赶忙将笔往肛门里塞。别人告诉过他——他自己也瞧见过——肛门开口异常地狭小、僵硬，不易塞进异物。钢笔塞到卡口那儿怎么也塞不进去了。痛苦极了，但不管怎么说，笔藏了起来。有人将护理员喊出病房，回来时，他径直走到法拉格特的床前，问他拿了律师的笔没有。“我知道我用夹子扔他来着，”法拉格特说，“真对不起啦。我挂火了。没伤着他哪儿吧？”

“他说他把笔落在这儿了。”护理员说。他往床底啦，柜子抽屉啦，枕头底下啦，窗台啦，垫子底下啦找了个遍。后来，又来了一个看守跟他一块儿寻找，把床上的东西全挪下来，剥光了法拉格特的衣服，还轻蔑地评论了一番他下身的大小，但两个人——法拉格特想，是出于善意——谁也没挨近钢笔。“我找不着。”护理员说。“我们必须得找到笔，”看守说，“他说我们必须得找到。”“得，让他自个儿来找吧。”护理员说。看守走了出去，法拉格特担心“胡须”会再回来，但看守一个人走回来，跟护理员说了几句什么话。“你到底要走了，”护理员对法拉格特说，非常忧伤，“他们要把你关进单人牢房。”

他将拐杖递给法拉格特，帮他更换了衣服。法拉格特撑着拐杖，摇摇晃晃，钢笔戳在屁股眼里，跟着看守走出了牢房，沿着一条散发一股股辛辣的生石灰味的走廊，来到一扇门前，门上闩着一根铁棍，挂着一把大锁。看守费了好大劲儿才把锁打开。门开了，只见里面是一间非常窄小的班房，窗户很高，瞅不见，班房里有一间厕所，摆着一本《圣经》，床垫上放着折叠好的床单和毯子。“要待多久？”法拉格特问。“律师给你订了一个月的房间，”看守说，“我瞧见小不点儿给你送西红柿，要是小不点儿是你朋友，你只消待上一星期就可以出去。”他关上门，挂上了门闩。

法拉格特将钢笔抽出来。用上这一珍贵的工具，他将控告奇泽姆，他甚至可以清晰地想象已经蹲了三年班房的奇泽姆，穿着监狱的灰囚衣，用一根弯弯的白铁匙吃猪牛肉杂肠和米饭的情景。他需要纸。厕所没有手纸。倘若他要的话，他知道他可以每天得到一张纸。他拿起《圣经》。一本很小的版本，封面是红色的，最后几页跟牧师长袍一般的漆黑，而其他页码全印得密密麻麻，别想书写什么东西。他想立刻就着手书写对奇泽姆的控告。律师死乞白赖想找回那支笔也许使他书写控告书显得更为重要了，现在唯一的办法就是打腹稿，背出来，对于自己能否完成，心里还是没个底。他有一支笔，但能书写的任何表面，除了班房的墙壁，就再也没有其他地方了。他可以在墙上书写他的控告信，然后背出来，但是往昔的一些经历以及这些经历对他性格的影响使他没有在墙上写什么。他是一个男子汉，他至少还保留着一些尊严，在墙上书写可能是他的遗嘱之类的东西，在他看来，是一种不适当地利用古怪境遇的行为。他仍然尊重正直的品格。他可以在石膏上、衣服上或者床单上书写。他排除了石膏的可能性，因为他只能在石膏模子一半的表面上书写，何况模子圆鼓鼓的，留下可写的地儿也不多。他在衣服上写了几个字母。钢笔尖一触上布，墨水就化将开来，显现出这简单衣物布料的纱线支数、复杂的织物的经线和纬线。衣服也被排除。而对于墙壁的偏见仍然这么强烈，他就只好试着在床单上写了。因为监狱洗衣房——真够仁慈的——洗床单时用上大量的淀粉，他发现床单几乎具有跟纸一般的功用。他和床单在一起至少要待上一星期。他可以在床单上写上他的思想，拓展开来，润饰一番，然后背诵下来。赶明儿回到 F 牢区和工作间，他可以将它们用打字机打下来，然后偷偷送给州长、主教和情人。

“阁下，”他开始写道，“我是作为一位由选举产生的人士给另一位由选举产生的人士写这封信的。您是由一个微弱的多数被选民选为州长的。我是由一种更为古老、更为崇高、更为一致的力量——公正的力量——选举住进F牢区的，囚号为734—508—32。我可谓没有任何敌人。我是一个非常尽责的公民。作为百分之五十这一类的纳税者，我对于囚禁我的监狱的建设和维护做出了实质性的贡献。我支付了我在这儿的衣服和食物的费用。作为社会被选成员，我比您更具有代表性。在您的一生中有许多明显的权宜、躲避责任、腐化和凑合的记录，而我在所占有的被选举的职分上却是廉洁的。

“我们当然来自不同的阶级。倘若在这个国家，文化和社会传统整个儿颠倒了的话，我也不会考虑写信给您，但我们是在和一个民主政权打交道。虽然我曾作为高等教育会议的代表两次前往白宫做客，我还从未有幸受到过您的邀请。我认为白宫宫殿相当的雄伟壮丽，而我居住的这地方空空如也，七英尺长十英尺宽，厕所占据了大部分空间，厕所水箱每天要毫无控制地响上十至四十次之多。对于我来说，要忍受这种冲水的声响并不太难，因为我聆听过黄石国家公园的间歇喷泉和罗马、纽约城，特别是印第安纳波利斯的喷泉的淙淙声。

“十二年前四月的一天，莱缪埃尔·布朗医生、罗德尼·科勃思医生和亨利·米尔斯医生诊断我为吸毒瘾者。三位医生分别毕业于康奈尔大学、奥尔巴尼医学院和哈佛大学。他们作为医生的地位是得到州和联邦政府以及医学同行组织所确认的。所以，他们所表达的有关医药治疗方面的意见自然代表公众利益的呼声。然而，在星期四，七月十八日，副典狱长奇泽姆公然违抗这种无法抗拒的意见。我调查了奇泽姆的背景。奇泽姆初中期间退学，花十二美元买了一份行为纠正雇员考试的答案，行为纠正司分配其工作，使他得以实行君主独裁统治，无视宪法所赋予我的权利。十八日上午九点，奇泽姆任意践踏州和联邦政府的法律，任意破坏医疗职业——这种职业无疑是我们社会真谛的重要组成部分——的道德和伦理。奇泽姆决定拒绝给我社会认为是我的权利的治疗性的药品。难道这不是颠覆和叛逆吗？难道这不是一个没有教养的人任意践踏宪法条款而造成的叛逆罪吗？难道这不是一种足以判处死刑——在有些州里判处无期徒刑——的罪行吗？难道它不比未遂的刺杀是一种更为深远的，更具破坏性的选例吗？难道它不比强奸和杀人更沉重地触动我们得之不易的、古老的政治哲学的核心吗？

“医生的诊断的正确性无疑是得到充分证明的。由于未能服用这块国土的最高当局赋予我的药品，我忍受了巨大的痛苦，这种痛苦是致命的。当副典狱长看见我试图离开牢房前往医务所时，他用椅子砸我，企图置我于死地而后快。于是我脑颅缝了二十二针之多，并造成终生残疾。难道我们的刑事、行为纠正、教养的机构可以不受法律的约束吗？这是人类为了在这块大陆，事实上在这个星球上使生命得以延续而制定的正义而又十分紧迫地需要的法律。对于我正在监狱里干什么，您也许会很有兴趣，这我以后要告诉您，而我认为目前我的职责是让您了解这可怕的罪恶的叛变，这种叛变正蚕食着您的政府的核心价值。”

在写信给州长和写信给主教之间，他几乎没有停笔。“阁下，”他写道，“我名叫伊齐基尔·法拉格特，六个月时便在基督教堂接受了基督洗礼。倘若您需要证据，我妻子拥有一张当时我被拍下的照片，当然不是那一天，但我想是在不久之后。眼下我正穿着一件很有历史的系带长袍。脑袋上没有头发，头颅突出，看上去活像一只缝补过的鸡蛋。我正笑着呢。我十一岁时，埃文斯通主教在我受洗的教堂给我行坚信礼。嗣后，在我的一生中，除了不能找到教堂之外，每个星期日我都坚持领圣餐。在欧洲的偏僻城镇我参加罗马天主教的弥撒。我是一个croyant（法文：信徒）——我讨厌在英文写作中使用法文，但在这儿我无法想出一个更合适的词——我肯定，作为信徒我们都知道，在基督教会模式之外声言一种过于浓烈的宗教经验无疑会使自己成为一个教外的异徒；我是指听到我们希冀得到爱和怜悯的男人和女人的残酷的笑声；我是指火和冰的痛苦；我是指心中戳着一支利剑，在十字路口被活活埋死的寂寞。我真诚地皈依上帝，万能的父，但是我知道在距离圣坛之外的任何地方——任何地方，这样大声地说出来，无疑会危险地损害讨好、迎合我希冀与之共同生活的男人和女人的能力。我是说——我相信您会同意我的——虽然我们能够拥有超验的经验，但我们只能在合适的和规定的时刻在合适的和规定的地点来表述这种超验的经验。没有对此的认识，我是无法生活下去的；同样，如果没有突然怀疑宗教教条的令人激动不已的不可能性，我也是无法生活下去的。

“我是一个犯人。我一生非常严谨地遵循圣人传统的生活模式，但是我似乎被所有可祝福的虔诚的男人和女人遗忘。我曾经为国王、总统、主教祈祷，可我从来未曾为一个囿于囹圄的人祈祷，我也从未听到任何一首赞美诗提到了监狱。我们，陷于囹圄的人们，为了我们的罪愆，为了社会的罪愆，比任何人都忍受了更大的痛苦，我们的榜样应该扫除人们心灵上我们熟知的痛苦造成的阴霾。事实上，我们只是基督教义造就的芸芸众生；我现在想引起您的注意是一件极为严重的亵渎行为。

“正如阁下通晓的，人类最普遍的形象并不是爱情或者死亡；而是上帝的最后审判日。人们可以从多尔多涅的洞穴画、埃及的古墓、亚洲和拜占庭的古庙，文艺复兴时的欧洲、英格兰、俄罗斯和伊斯坦布尔港找到佐证的痕迹。神筛选人们的灵魂，赋予真正圣洁的人以无限的庄严，判罪人去经受火、冰，有时候是尿和粪的煎熬。在人们发现这一显圣的地方——人们随处都是可以发现显圣的——社会的习惯力量便显得苍白无力了。甚至在埃及，永生的候选者包括在现世买卖灵魂的人。神就是火，这一显圣的灵魂。有一列队总是从右边接近神；什么国家在什么时代或世纪报告这一显圣是无关紧要的。而在左边，人们看见抵罪品和奖赏。甚至在最古老的记载里，人们描述抵罪的折磨的激情远比描述永恒的安宁要多。男人们渴望着爱，为爱发狂，同性做爱，怀着比弹奏竖琴，并由此而飘飘欲仙更强大的力量和激情。上帝的存在将世界凝聚在一起。上帝的力量，上帝的精华就是审判。

“人们都知道圣餐无非就是面包和水。婚礼的面纱和金戒指只是昨天的事儿，作为爱情幻想的化身，神圣的婚姻只是一种声称可以用思想、语言和行为来表述幻想的地狱般的苦果。在这里，在我蛰居的牢房里，人们可以看见在整个星球的洞穴里、国王的墓里、庙宇里和教堂里所见的一切，而这一切是由人，任何上世纪可能培育的人们，干出来的。声望遐迩的人物、笨蛋、苦力和傻瓜——是他们修建了这地狱的洞穴，也是他们用一种熟悉的逐渐减弱的激情修建了围墙另一边的天堂的疆域。这无疑是一种猥亵，一种难以言说的猥亵，这种比空气或煤气还要精细的愚蠢的审判闹剧充斥了牢房，这牢房散发出为了无端的情由而互相残杀的人们的恶臭。请谴责这种严重的亵渎吧，阁下，从您那张开的鹰翼的背后谴责它吧。”

“哦，我亲爱的，”他写道，压根儿没停一下，这是写给情人的，当马西娅让位，移居到卡梅尔[1]时，他跟她一块儿生活了两个月，“昨晚，在一个电视的喜剧节目中，我看见一个女人亲热地触摸了一个男人——轻轻触摸了一下肩头——我躺在床上，哭了。没有人看见我哭泣。犯人自然是没有自己的身份的，但是这轻轻的一摸令我惊讶地发现我与人疏远的程度。除了我的影子之外，这儿实际上没有一个人我可以与之交谈。除了我自己之外，没有任何东西我触摸上去是温暖的，富有人性的，有反应的。我的理性对于力量、光和有用发出了伟大的呼吁，它因为没有感情的温暖而整个儿地垮掉。一种猥亵的空虚强加于我。我没有在爱着，也没有被爱着，我只能淡淡地，淡淡地记得爱的欢乐。倘若我闭上眼睛，想祈祷时，我便会陷入孤独的麻痹之中。我要回忆。

“回忆时，我亲爱的，我将避免提到我们相互了解的具体的媾和、地点、衣服和行为的情景。我仍然记得在沙滩我们引起几乎每个人的羡慕，度过了十分快乐的一天之后回到丽都岛[2]达尼爱丽旅馆时的情景。正在那个时刻，可怕的，十分可怕的乐队开始奏起可怕的，可怕的探戈舞曲，那晚的美女，姑娘和小伙子穿着手工缝制的衣服开始翩翩起舞。我记得这一

1 在美国加利福尼亚州西部，临太平洋。

2 在意大利东北部的小岛，欧洲最好的海滨旅游胜地之一，是威尼斯的一部分。

切，但我并不想回忆它。我从心头浮现的景色和人们在节日卡片上所见的是这样令人不悦地相近，总是不断出现坐落在白雪皑皑荒野中的农舍，我耽于一些渺茫的、没有结果的回忆之中。那一天很晚了。我们在海滩玩了整整一天。对这一点我知道得很清晰，因为我们晒得很黑，我鞋里还落进了沙砾。一辆出租汽车—— 一个雇用的仆从——把我们送到一个穷乡僻壤的火车站，离开我们而去。车站的大门锁着，周围没有小镇，也没有农舍，除了一只野狗，没有任何生命的迹象。瞧着钉在车站的火车时刻表，我意识到我们是在意大利，但不知道具体在什么地方。我乐于回忆这段往事，因为一切似乎都是朦胧的，游移不定的。要么我们误了火车，要么这条线上压根儿就没有火车，要么火车晚点。我记不清了。我甚至记不清在一个不通用英语的国家，在一座空荡荡的偏僻的火车站的硬板凳上，我们的笑声，我们的吻，我的手搭在你的肩膀上。光映照着，正像在狂欢时通常所见的那样，光映照着。我只悠悠地记得你待在我的身边，记得那一丝肉体的满足。

“也许我正在谈论罗曼蒂克和性的事情，但是我认为我所讲述的比这要含有更丰富的内容。今晚在这座牢房里，我想起待在起居室里等你穿衣的情景。我听见了你在卧房关抽屉的声音。我听见你走过地板、地毯、浴室的瓷砖去抽马桶水时鞋跟的索索声。然后，我又听见你鞋跟的声音——这次急促了些——你打开又关上另一只抽屉，来到我等待的房间门口，给我带来那天薄暮的、夜晚的、我们待在一起生活的欢乐。我仍然记得我在楼上卧室等着吃晚饭的情景，你正在料理开饭前的一切杂事，我听见你将锅碰上一只盛着菜肴的瓷盘的清脆的声响。这就是我记得的一切。

“我还记得我们初次相逢的情景，对于男性敏锐的观察力，即使今天我仍然感到惊叹不已，将来也还会感到惊叹不已：他可以在一瞥之间审视一个女人记忆的范围和美，她对于色彩、食品、气候和语言的趣味，她的内脏、头颅、生殖系统精确的临床显示，她的牙齿、头发、皮肤、脚趾甲、视力和支气管的状况；他可以在一刹那间受到爱情的驱使迅捷地做出判断，她对他是否有缘分或者说他们之间是否有缘分。我在这里说的只是一瞥而已，形象似乎是飘忽不定的，我想到的是陌路人之间的相互审视，虽然这更实际一些，并不含有那么多的罗曼蒂克的成分。在我们初次邂逅的一个什么地方有楼梯、拐角、跳板、电梯、海港、机场，你穿着一身蓝衫，正伸手去拿护照或烟卷。随后，我追求你，随着你跨过街道，越过美国，走遍世界，绝对正确无误地相信我们是属于相互的怀抱的。

“你并非是我认识的最漂亮的女人，但是我认识的四个最美的人儿都用自己的手结束了自己的生命，当然这并不是说我认识的所有美女都是自尽的，但四个总是一个可供考虑的数目吧。我正设法阐述虽然你的美并不动人，但却是非常实用的。你没有怀旧病。我认为怀旧病是女人主要的特征，而你却一点儿也没有。你显然缺乏感情的深度，但你却有一种晶莹透亮，一种光的品质，这是我所见的女人没有一个可以与之相比的。每个人都知晓这一点，都看到这一点，都是这么回答的。我简直不敢想象这种光受到蚕食和遮蔽的情景。你的身体在体育运动的协调方面令我非常沮丧。你跟我打网球，甚至玩扔马蹄掌游戏都能赢我，但是我记得你从来不因此而盛气凌人。我记得跟你一起在爱尔兰垂钓的情景。记得吗？我们下榻于一座美丽的庄园，那儿住着许多外国游客，包括几位戴单片眼镜的德国男爵。戴帽子的女侍者送茶。记得吗？那天我的游猎侍从病了，我们单独漫步到溪边——那叫狄龙溪——在一个溪弯处，那儿立着一块牌牌，上面写着垂钓一天不得超过一条大鲑鱼。过溪弯，有一道山，山峦上有一座城堡废墟，一棵巨大的树从最高的塔楼里伸出来，在大厅的废墟上，一群群、一群群的大黄蜂在一棵开满白花的藤蔓上采集花蜜。我们没有走进这座废墟庄园的大厅，因为我们不想被野蜂螫咬，但是我记得漫步离开城堡时，闻到白花的浓郁的馥馨，听到黄蜂很响的，很响的嗡嗡声——很像一台带有皮传送带的旧式发动机的隆隆声——直到山脚下的溪边还能隐约听见，我记得我眺望山崖的碧青翠绿，望着你的晶莹透亮和那浪漫的废墟，听着黄蜂的嗡嗡声，和我追求的人结为夫妇，一心感谢上帝没有让这在我的一生中更早些时候发生，因为这种欢愉毕竟很可能就意味着我的末日。我是说我也可能变成那种坐在咖啡馆里作茧自缚的人，听着来自天际的妙乐而摆出一副恍惚的、悲天悯人的神势。我往小溪里扔下钓线，我一直十分明白，由于你机体的协调，你的钓线要比我放的好得多，你那会儿坐在溪岸边，双手交叉放在膝盖上，好像希望带上绣花活儿就好了，虽然就我所知你连纽扣也不会缝。我钓着了一条大鲑鱼，甩上了岸，然后一场暴雨袭来，两人淋得透湿。我们脱了衣服，干脆到溪里去游泳，在溪水里要比待在雨里暖和得多。然后那晚庄园厨师给我们烹调了那条大鲑鱼，鱼嘴里塞了一个柠檬。但是我想说的是你一点儿也不盛气凌人，我回忆起来我们从来没吵过嘴。我记得有一次在旅馆房间里瞧着你，我心想我这么痴情地爱她，我们必须吵一次嘴，要是我连争吵也不敢，也许我压根儿就不敢爱。但是我爱你，我们从没发生过龃龉，我回忆起来我们从没有吵过嘴，从没，从没，甚至当我开始对毒品上瘾，你将舌头尖儿从我嘴里抽出来，说我还没告诉你去参加平汉的生日宴会该穿一件长裙还是一件短装。我们从没争吵过。

“我记得一个假日的前夕在一个冬季山地旅游胜地的情景，成千的人聚集在那儿滑雪，晚班航线和火车还要送来成千游客。我还记得滑雪的地方，记得那些供暖过热的房间和人们留下的书籍，记得那肉体的触电般的欢乐。子夜时分，当我们正躺在床上时，突然气温升高。屋顶融化的雪淌下时发出叮咚的声响——这对旅馆老板无疑是一种水刑，而对其他每一个人这无疑是使一切失去欢乐色彩的音乐。所以，早晨起来，无论按什么国家的什么标准和尺度，天气非常暖和。雪有点黏糊糊的，可以做雪球，我捏了一个雪球，往一棵树甩去，是否击中，我不记得了，但是在雪球的远方，我们看见了温暖的、蔚蓝的天，到处在融雪。我们周围白雪皑皑的山坡和崖峦那儿一定要寒冷得多。于是我们搭上缆车上山，然而即使崖巅上的白雪也是暖暖和和的，这一天，无论从精神上还是财政上来说都糟糕透了，我们如果有钱的话，就可以乘飞机到世界更冷的山地去，我们成了环境的囚犯。甚至在山巅上白雪也是黏糊糊的，这天气像春天一样，我半裸着身子滑雪，融化的雪道很危险，在树荫底下可以滑得很快，而到阳光底下就不那么顺畅了，在低一些的高度上，每一个斜坡上都积有一英寸的水。然后，十一点钟光景，风向变了，我不得不穿上内衣、衬衣和一切我带上的衣物，同时，雪道上突然结上冰，在雪道的入口，护林员一个个挂上了用七种语言写的‘关闭’的牌牌儿，开始的传闻过后得到证实，意大利总理在格罗肯斯契斯山上滑最后一段雪道时摔死。谁也不再想乘缆车上去了，人们都排队等着下山，而低一点的雪道还没结上冰，滑起来速度慢极了，所以那一天，那天的假日，一年中欢乐的高潮，就这么给糟蹋了。正当中午时分，开始下雪了。雪很大，很美，好像有一种并列的引力，要将这座山脉吸离地球似的。我们在一个小屋里喝了点咖啡或者荷兰杜松子酒——等待了约莫二十分钟或者半个钟头光景——低一点的雪道上积满了新雪，一小时之后到处都成了滑雪的理想之地，大地上铺着足有四英寸厚的新雪，当我们猛一拐弯时，雪花像泡沫一般纷扬开来，这是一种礼物，一种神的显现，我们不可估量地提升了对白雪皑皑的斜坡和跳台的驾驭力。我们滑上滑下，满世界地滑，我们的力量是无穷的，拐弯显得利索而熟练。心理学医生说我们滑雪是沿着人生的斜坡一直滑到那降生的一刻；而充满善意、具有常识的人们却认为，我们滑雪是沿着每一个可能的方向去探索我们生命伊始和结束的胜利的奥秘。所以，当你滑雪时，你仿佛漫步走在海滩上，遨游于水中，在驾驭帆船，正携带食品沿着台阶走进一间亮着灯的屋子，脱下裤子放在一样偌大的、从解剖学看来很不协调的东西上，吻一朵玫瑰花。那天我们滑呀滑——滑坡上没有灯——山脚下终于给山顶打电话要关闭升降机了，为了重新调整我们在大地上的平衡，正像人们在驾驶了一次远距离的帆船，打了一场曲棍球之后一样——走钢丝的演员也必须这样——我们摇摇晃晃地走进了一家酒吧间，我们的酒杯，我们的一切，都是满满盈盈的。我能记起这一切，我还记得那次帆船赛，但是天色渐渐晚了，牢房太黑，无法继续写了。”

法拉格特仍然是一瘸一拐的，但脑袋上却开始长出头发来了。一次，牢房里叫他刻一张告示蜡纸。告示写道：“银行信托大学将为任何合格的犯人举办训练班，讲授银行业务的性质。欲了解详情者，请询问监狱官员。”那晚法拉格特询问小不点儿。小不点儿告诉他训练班只招三十六个人。每星期二和星期四上课。每个犯人都可报名，但大学将按照智商测验的成绩来决定取舍。小不点儿就知道这些。托勒多负责油印告示，并将告示跟晚上的邮件一起塞进牢房里去。托勒多应该油印两千份，但他似乎一股脑儿多印了两千份，因为满世界飞扬着这告示纸。法拉格特也弄不清它们到底是从哪儿飞出来的，在院子里只要清风一吹，信托大学的告示纸不是成十张而是成百张地在空中飞舞起来。散发告示纸之后几天，法拉格特又不得不为告示牌刻另一个告示：“任何犯人使用信托大学告示纸作为手纸将被罚以三天禁闭。告示纸堵塞便池通道。”纸总是不够，这些雪花般飞扬的纸无疑是一种赐赠。它们被当作手绢、零碎用纸，被折叠成飞机玩。监狱律师用它们起草给教皇、总统、州长、国会和法律援助协会的起诉状。它们被用来写诗和祷文，画性诱惑的画。暖房的工作人员用装上钉子的棍棒戳捡纸片，但有好一阵子，纸片的来路非常神秘，似乎是取之不尽的，飞个没完没了。

已经是秋天了，夹杂在信托大学招生告示纸中间的还有秋天的落叶。牢狱围墙内三棵沼泽枫树已经变得殷红殷红的了，秋天早早地落叶了，而墙外还有许多树，在飞舞的信托告示纸中，法拉格特认出了桦树叶，橡树叶，鹅掌楸叶，椤叶，胡桃树叶，以及许多种类的枫叶。在用了美沙酮一小时光景之后，这些落叶便使他回忆起他作为一个自由的人在他的境遇中曾经享受过的巨大的、荒诞的欢乐。他乐于在大地上漫步，在大海里游泳，爬山，在秋天观赏落叶。这简单的光芒的现象——那斜穿过大气的辉煌灿烂——像一个超越一切的喜人的消息一样使他感动。他想，树叶飘坠下来，旋转飞舞，在光的照耀下，显出万千宝石般的幻象；能目睹这景色着实是一种幸运了。他记起在城里曾经开过一个讨论一件牵涉到数百万美元事务的受信托人会议。会议室在一幢新建的办公大楼的底层。街上种了几株银杏树。会是在十月开的，银杏树叶变得特别纯洁，一片金黄，在开会期间，他观赏着纷扬、坠落的树叶，却陡然间发现这些落叶刺激起他的活力和智慧，使他能对会议做出实质性的贡献；这种贡献坚实地建立在灿烂的落叶的基础上。

在落叶、飞舞的纸片和墙垣之上便是鸟儿。法拉格特对鸟儿采取一种谨慎的态度，因为被残酷地囚禁的犯人热爱空中翱翔的飞鸟的传说从来也没感动过他。他竭力用一种实际的、渊博的语调来描述他对鸟的兴趣，但是他知道的知识却少得可怜。他对一群红翅的画眉产生了兴趣。他知道它们栖息在湿地，所以在猎鹰者监狱附近一定有一片草泽地。黄昏时分，它们飞去饮净水，它们不喝它们居住的泽国的水。一整个夏天直到深秋，他每天晚上站在窗前，瞧着画眉飞越围墙上那片蔚蓝的天。开始时飞来一两只鸟儿，它们总应该是头儿了，但从它们飞翔的架势上看，也觉察不出任何敢于冒险的成分。它们飞起来还有点笼中鸟那种拘拘谨谨的样子。头儿之后飞来一群鸟儿，有二三百只，飞起来都显得有点笨重，但因为鸟儿多，却也不乏一种力量——这星球的磁引力——它们在空中划过，犹如载在一股清风上的余烬，悠悠的。第一群鸟之后飞来数只姗姗来迟者，数只充满冒险精神的鸟，然后是第二群，数百只，也许数千只，再是第三群。天黑之后倦鸟归巢于草泽了，但法拉格特已再不能见到。他伫立在窗前，希冀聆听它们飞越时的啾啾声，但却没有了。所以，在秋天，他瞧鸟儿，瞧落叶，瞧在风中飘飞的信托大学的招生告示，它们犹如尘埃，犹如花粉，犹如灰烬，犹如自然界不可战胜的力量的迹象。

在F牢区只有五个犯人报名参加银行训练班学习。谁也没把它当回事儿。他们猜想信托大学要么是一个刚筹办的大学，要么是一个快完蛋，办不下去的大学，跑上门来找猎鹰者监狱，好扬扬名。对不幸的囚犯施行恩赐性的教育总可以在报上找到版面的。法拉格特和其他人按时来到保释委员会办公室进行智商测验。法拉格特知道他以前总是考得糟透了。他从未考过 119 分，有一次只得了个低低的 101 分。在军队那会儿，因为他智商分低，从没指望捞个一官半职当当，而这倒救了他的命。一块儿考的还有二十四个人，一个劲儿数方块，绞尽脑汁计算等腰三角形的弦。据说，分数是保密的，但法拉格特塞了包香烟给小不点儿，小不点儿告诉他，他只考了个 112 分，完了。乔迪得了 140 分，还吹牛说从没考得这么糟过。

乔迪是法拉格特最好的朋友。他们是在淋浴时认识的，冲澡时，法拉格特注意到有个矮小的年轻小伙子，一头黑发，对着他微笑。他脖颈上挂着一条简单的、非常优雅的金十字项链。淋浴时是不准说话的，陌生人往左肩擦肥皂，伸展开他的手心，让法拉格特瞧，法拉格特看见他手心上用不易擦洗的墨水书写的几个字："过后来瞧我。"穿好衣服后，他们在门口见面了。"你是教授？"陌生人问。"我是 734—508—32 号。"法拉格特说。他真是嫩得没法说。"哎，我叫乔迪，"陌生人快活地说，"我知道你是法拉格特，你要不是同性恋者，我才管不着你叫什么名字呢。跟我来。我给你瞧瞧我藏身的地儿。"法拉格特跟着他穿过操场来到一座废弃的水塔。他们沿着生锈的梯子爬上去，走过一段狭窄的木板过道，来到一个藏身的地方，那儿有个垫子，一只烟屁股罐儿和几本旧杂志。"每个人都有藏身所，”乔迪说，“这是我的。人称‘百万富翁之景’。隔壁是死囚行刑前的监房，瞧，监房这儿是最好的地儿了。”法拉格特越过破旧牢房的屋顶和围墙能瞧见两英里范围内的河流景色、悬崖和耸立在河流西岸的山峰。在监狱街道的尽头他曾经看见过，或者说瞥见过这景色，但眼下这景色，是他所见的围墙外最辽阔的世界了，他不禁深深地感动起来。

“坐下，坐下，”他的朋友说，“坐下嘛，听我来给你讲讲我以前的事儿。我不像这儿大部分的哥们儿，他们不肯讲自己的事。谁都明白弗莱迪，‘疯狗杀人狂’，一下子干了六条人命，可你问他，他会告诉你，他来蹲班房，是因为在公园里偷花呗。他不是在开玩笑。他就是这么说的。他自个儿还真那么信。要我碰上个伙计，他乐于听我讲，我就兜底儿全倒出来。我说的多，我也愿听别人讲。我可爱听别人说啦。我的过去就是我的过去。我压根儿没什么可指望的。我已十二年没跟保释委员会打交道了。我在这儿干什么没什么要紧的，可我也巴望离开这鬼地方呀。我知道，现在我还没足够的医疗证明，证明脑子损伤，但要是你将脑袋瓜子往墙上撞上那么十四回，你不变傻帽儿才怪呢。我一口气就撞过七下。也没什么结果，可我就是撞呀，撞呀。止不住。我会疯的。脑子有毛病。不管怎么说，我被起诉控告，列了五十三条罪状。我在里维顿有一幢价值四万五千美元的房子，一个漂亮老婆，两个俊小子：迈克尔和达尔。而我在这儿蹲班房。像你那号人是不会明白的。我连中学也没毕业，那会儿我正在哈密尔顿信托公司抵押部办公室干活。也没什么特别了不起。当然啦，我肚子里墨水不够，这就比旁人矮一截，正碰上公司裁人，裁了好多。我没钱糊四个人的嘴，卖房吧，可没多久我发现街上的所有该死的房子全在找买主。我一个劲儿想钱。做梦还想钱。我在人行道上捡成分的小钢镚。我想钱想疯啦。我碰上个朋友，叫哈威，他有个办法。他告诉我有个老家伙——叫马斯特曼，在销售中心开个文具店。他有两张价值七千美元的派利分成票[1]。他把它们放在床头柜抽屉里。哈威知道这个，因为老头常找他去，每次给五元。哈威有老婆，孩子，家里还生着烧木头的壁炉，就是没钱。所以我们合计去搞那两张票。那会儿，支票不用背面签名。一万四千美元哪，丢了也没法儿找。所以，有好几个晚上我们注意老头儿的行踪。太容易了。他八点关店门，开车回家，喝得醉醺醺的，吃上点儿东西就瞧电视。有一晚，他打烊，刚上汽车，我们就跳了进去。他非常听话，因为我用上了膛的手枪指着他脑袋瓜子。手枪是哈威的。他开车，回到家，我们跟他一块儿碎步走到前门，他身上哪儿软和，枪就往哪儿戳。我们让他走到厨房，给他上了手铐，将手铐拴在他那台他

1 赛马中扣除手续费和所得税之后赢家分配全部赌金。

妈的大电冰箱上。冰箱可大啦，是最新产品。我们问他票在哪儿，他说在银行保险柜里。要是像他后来做证时说的那样，我们用枪托揍他，那也不是我干的。有可能是哈威揍的，但我没看见。他一个劲儿对我们说票存在银行里。我们在屋子里搜了个遍，我想他也许没骗人。我们打开电视，这样可以蒙骗邻居，让他还拴在那台足有十吨重的电冰箱上，开上他的车走啦。迎面碰上的第一辆车是一辆警车。这纯属偶然，但我们却吓破了胆。我们将车开到一家洗车铺去，冲车时，你得钻出来。我们将车放在槽沟上，走人了。我们搭上去曼哈顿的公共汽车，在终点站分手。

“但是，你猜，那婊子养的马斯特曼干什么来着？他长得个儿不大，也不魁梧，可他愣把那台他妈的大电冰箱拖出了厨房。听着，那冰箱可大啦。那是一幢很好的房子，漂亮的家具啦，地毯啦，一大堆地毯拱在冰箱下面，老头儿一定费了牛劲儿了。他愣把冰箱拖出厨房，穿过大厅，拉到起居室，那儿有部电话。我可以想象警察到他家时见到的那幅景象：在墙上挂满了手绘的画儿的起居室中间立着台大冰箱，而老头儿戴着镣铐被拴在冰箱上。那天是星期四。下一个星期二，警察就逮着我了。哈威已经待在里边了。我不知道他原来有前科。我不怪州政府。谁也不怪。我们错了。夜间行劫啦，用枪托砸人啦，绑架啦。绑架可是个大罪啊。当然啦，我是个半截子埋在土里的人啦，可老婆、儿子要活下去。她亏了大本把房子卖了，然后靠救济。她有时来看看我，你猜，孩子们干什么来着？他们起先得到允许给我写信，然后，迈克尔，老大，给我写了一封信，说星期天三点他们在河上划船，他们会向我招手。星期天三点我出去站在铁栅栏边，他们真来了。在河上，离我好远——不能划近监狱的——但是我能见到他们，感觉到我对他们的爱，他们挥舞手臂，我也向他们招手。秋天，他们不来，因为租船的停业了。春天，他们又来了。长得高大多了，我可以瞧出来，我想，就我蹲班房的时间算来，没等我出狱，他们就得结婚，生儿育女，我知道他们不会那么傻，把老婆、孩子全塞进船里来跟我这个老头儿打招呼。所以，我压根儿没什么指望了，法拉格特，你也没什么可指望的了。下去吧，洗手吃饭啦。”

法拉格特一部分时间跟暖房工一块儿干活，修修剪剪草地啦，墙篱啦，一部分时间干打字活，给监狱刻告示蜡纸。他有一把办公室的钥匙，办公室就在监狱办公室的旁边，他还有权使用一台打字机。他继续跟乔迪在水塔上会面，后来，下午凉飕飕的，他们就移到法拉格特的办公室。他们认识一个月后成了情人。当乔迪摩挲法拉格特的头发时，嘴里不断喃喃地说："我真高兴你不是一个同性恋者。”然后，一个下午，他一边这么说，一边去脱法拉格特的裤子，在法拉格特的全力帮助下，将裤子脱到了膝盖处。法拉格特读过报道监狱生活的新闻，他知道这种事是可能发生的。但是他没有想到的是这种奇特的关系却在他内心深处激起了一种爱。他也同样没有想到监狱当局却是这样的宽容。法拉格特给小不点儿一小把烟卷，他就让法拉格特在吃饭和禁闭之间去工作室。乔迪跟他在那儿会面。“他们喜欢这样，”乔迪解释道，“开始他们不乐意。后来有个心理学家说，这样犯人就不会找麻烦。只要我们不骚乱，他们愿意让我们干任何事情。转过身去，小鸡儿，转过身去。哦，我多么爱你啊。”

他们一星期见两至三次面。金融训练班开课后，两人就在星期二和星期四会面，乔迪告诉他上大学的情况。法拉格特从工作室拿了一张垫子来，乔迪不知从哪儿骗来一只电炉，他们躺在垫子上，呷热咖啡，相当的闲适、快乐。

乔迪满腹狐疑地谈起大学。“还是那老一套的臭大粪，”乔迪说，“什么成功学校啦，魅力学校啦，精英学校啦，百万富翁学校啦。我全上过，净是老一套。瞧，小鸡儿，如今银行算术这套臭大粪的玩意儿全用上电子计算机了，该琢磨的倒是怎么鼓动潜在的投资者的信心。那才是现代金融最神秘的地方。可这大学倒好，比方说，一上来就上微笑课。我去上每一节课，开头总是教怎么微笑。你站在门外，回忆起哪天或哪年所发生的一生中最愉快的事情。微笑必须是真诚的。你不能装出那种故意讨人喜欢的微笑。我是说，比方你记起一个让你感到幸福的漂亮的姑娘啦，赢得跑马赛的头奖啦——要是你真幸运过的话，一套新衣服啦，一次胜利的赛跑啦，或者特别顺心的一天啦，那时，你打开门，走进教室，才向教授微微笑上那么一下。他们却什么都不懂，小鸡儿。我是说不懂微笑。他们压根儿不懂怎么微笑。

“微笑是挺好的，我是说，你要兜售什么的时候，你必须得微笑，但要是笑得不得法，像你那样，脸上就可能现出可怕的皱纹。我爱你，小鸡儿，但你不知道该怎么微笑。要是你知道怎么微笑得体的话，你眼角上就不会有那种鱼尾纹了，脸上也不会现出那么大的、令人生厌的、像伤疤般的沟痕了。瞧瞧我吧，比方说。你以为我二十四岁，是吗？哈，我实说吧，三十二岁，我让人猜我的年龄，大部分人最多要少猜十八九岁。那是因为我知道怎么微笑，怎么使用我的脸面。这是个演员教我的。他是因道德败坏来蹲监狱的，可长得挺帅气。他告诉我，要省着用你的脸。要是人碰上任何事儿都用上脸，就会像你那样，瞧上去一副糟透了的样子。我爱你，小鸡儿，真的，要不我不会告诉你，你的脸瞧上去别提有多糟糕了。现在瞧我笑。看见了吗？我瞅上去真的快活——是吗，是吗，是吗？——你注意了没有，我睁大眼睛，这样就不会有你那种鱼尾纹，我要是张嘴，就张得大大的，大大的，这样就不会破坏我腮帮的美——美和光溜。而这位大学老师却教我们一个劲儿微笑，微笑，微笑，微笑，要是老像他教的那样微笑的话，你就会成一个非常老的老头儿，一个非常老迈而憔悴的人，谁也不想跟这样的人打交道，特别是在金融投资方面。”

当乔迪用一种轻蔑的口气讲起信托大学时，法拉格特似乎显出一种父爱的神情，他似乎想表达对任何组织讲授的任何知识的持久的尊敬，不管这种讲授是多么的虚伪，也不管这种组织是多么的蒙昧无知。听着乔迪把信托大学描述成一种糟透了的玩意儿，他不禁寻思，对事物缺乏尊敬也许是乔迪犯罪和在监狱生活的根源。他觉得，乔迪在对信托大学攻击时，应该拥有更多的耐心，更多的智慧。也许是“信托”这个词本身对于他来说是应该值得尊重的，它激发诚实；而且它也包含着节俭、坚忍、朴素和诚实的奋斗的思想。

事实上，乔迪对于大学的攻击一直没完没了地延续下去，攻击的内容全是可想而知的，到末了，让人感到单调、腻味。学校怎么也不是。老师笑起来太粗俗、太外露，损坏了他脸部的形象。当场测试太容易了。“我不用费什么劲儿，”乔迪说，“我总是班上顶尖儿的。我记性太好了。背诵点什么，容易极了。我一晚上就把所有教义问答集背了下来，今天讲怀旧。你以为这跟哭鼻子有关吗？不。这跟人的愉悦的记忆有关。课外作业就是合计潜在投资者一生中最令他愉悦的回忆是什么，然后，像一把该死的小提琴一样，去拨动他这些愉悦的回忆的弦。你不仅用闲聊去撩拨他所谓的怀旧，你还用衣着、表情、声调、体语去触动他最愉悦的回忆。所以，潜在的投资者喜欢历史，难道你没看见我走进银行时穿着一套该死的甲胄吗？”

“你对待课程太随便了，乔迪，”法拉格特说，“总是有值得学习的东西的。我想，你该用心学点课程里有用的知识才对。”

“哎，也许有点儿有用的知识，”乔迪说，“但是，你瞧，我在成功学校啦，魅力学校啦，精英学校啦，全学过。全是老一套的该死玩意儿。我学过十次了。现在，他们告诉我，对于一个人来说，姓名是最甜蜜的语言了。可我在三四岁上，就知道这个了。我全知道。你想听吗？听着。”

乔迪在法拉格特班房的铁栅栏上做记号，表明他说的一个个论点。“1. 让别人觉得好主意都是他出的。2. 拒绝挑战。3. 不要吝啬赞扬和诚恳的赞赏。4. 倘若错了，赶快承认。5. 让别人去承诺。6. 不要讳言自己的错误。7. 给别人留面子。8. 多鼓励。9. 使你想做的事看上去易如反掌。10. 让别人愉快地做你想做的事。该死，老兄，谁不知道？这就是我的生活，这就是我生活的内容。我从小就这么干，可落个什么下场？瞧吧，关于魅力、成功、金融的本质的知识却让我丢了饭碗。该死，小鸡儿，我想退学了。”

“别，乔迪，”法拉格特说，“待着吧。捞张毕业文凭，存在档案里，总有好处。”

“再过上四十年也不会有谁瞅上一眼我的档案。”乔迪说。

有一晚，他来了。天正在下雪。“明天去请个病假，”乔迪说，“星期一。会有好多人去看病。我在医务所外面等你。”他走了。“他不爱你了吗？”小不点儿问，“哎，要是他不再爱你了，对于我真像是心里掉下块石头啊。你真是个好人，法拉格特。我喜欢你，我对他没用。他干了牢房里一半的犯人，还没完呢。上个星期，大上个星期——我记不清了——他在三楼跳扇子舞。托勒多告诉我的。他把一张报纸打成褶，你知道，像一把扇子，一个劲儿从鸡巴扇到屁股眼儿跳舞。托勒多说恶心死了。真恶心。”法拉格特竭力想象那跳舞的样子，但总想象不出来。他觉得小不点儿有点妒忌。小不点儿从来没有体验过一个男人的爱。小不点儿不可靠。他填了去看病的条，放在铁栅栏之间，便上床睡觉了。

医务所候诊室里挤满了人，他和乔迪站在外面，谁也听不见他们说话。“现在，听着，”乔迪说，“在你还没难受之前，先听我说。别插嘴，等我讲完了，你再说。我昨天从大学退学了。别插嘴。我知道你不会喜欢这么干，因为你总摆出一副父亲的架势，总希望我在世界上飞黄腾达，先别忙，听我告诉你我的计划。别插嘴嘛。我说你先别说。毕业典礼已经计划好了。学校里就我们知道典礼的程序，过几天你会知道的。听着。红衣主教，这管区的红衣主教将乘直升机来监狱，给毕业班分发毕业证书。我不是胡说八道，别问我为什么。我猜想，红衣主教跟大学里的什么人有点沾亲带故的关系，他一来声势就大了，这就是为什么要举行典礼。班里有个哥们儿是监狱教士的助手。他名叫狄马替奥。他是我很要好的朋友。你要知道，他掌管所有圣坛的服装。他有一件红袍。就我的尺寸，再合适也没有了。他要把红袍给我。所以，红衣主教一到，一定会有一阵忙乱。我就退出来，躲到锅炉房，换上红袍，红衣主教一开始主持弥撒，我就登上圣坛。听着。我明白我在干什么。我明白。打十一岁起我就在圣坛待过。那次是做坚信礼。我知道你会想他们要逮住我，不，不会的。做弥撒时，信徒不往侍祭瞅的。到时大伙儿都在做祷告。不会东张西望的。就是在圣坛上瞧见一个陌生人，你也不会去问陌生人是什么人。这是圣事，做圣事时，你不会乱瞄的。喝救世主的血时，你绝不会去细瞧圣杯生了锈没有，葡萄酒里有没有臭虫。你吓坏了，你瞧上去好像吓得够呛。祈祷吧。这就是为什么能成。祈祷将帮助我离开这监狱。祈祷的力量啊。所以，弥撒一完，我就穿着红袍登上直升机，要是他们问我是从哪儿来的，我就说我是从圣安瑟伦教堂、圣奥古斯丁教堂、圣弥迦教堂，或者随便什么教堂那儿来的。直升机一降落，我就赶紧到祭服室脱去袍子，大摇大摆走上大街。神不神？我一路讨钱，凑够了盘缠就乘地铁往一百七十四号大街去，那儿我有好多朋友。我告诉你这个，小鸡儿，因为我爱你，信得过你。我把命放在你手里了。人的爱心没有比，老兄[1]。从今以后，别指望我们能见多少面。有那件红袍的小子喜欢我。监狱教士给他从外面拿吃的来，所以，我搞了一个电炉子。也许我们见不了面了，小鸡儿，只要能行，我会来找你告别的。”乔迪将手按在胸口，弓下腰，轻轻地痛苦地呻吟起来，走进候诊室。法拉格特跟在后面，他们没有再说话。法拉格特说脑袋疼，医生给了他一片阿司匹林。医生穿一身邋遢衣服，右脚袜子露出个大破洞。

乔迪没有再来，法拉格特痛苦地思念着他。在监狱诸多的声响中，他希冀聆听到他朋友橡胶底篮球鞋的吱吱声。他只想听到这声音。自从他们在医务所分手不久，监狱当局让他刻一张蜡纸，宣布尊敬的红衣主教撒迪厄斯·摩根阁下将于五月二十七日乘直升机抵达猎鹰者监狱，向信托大学毕业班同学颁发毕业证书。同机抵达的还有州长阁下和监狱督察阁下。将举行弥撒。全体犯人必须届时参加典礼，监狱官员将提供进一步消息。

托勒多油印这张蜡纸，这次他没有多印，所以也没发生白纸乱飞的雪暴般的情景。开始时谁也没留神告示。才八个人毕

1 《约翰福音》第十五章第十三节，全句为：“人为朋友舍命，人的爱心没有比这个大的。”此处为断句，可能记不起来了。

业。想到基督的使徒将从天而降，落在绞刑场上，也没使谁激动一下。而法拉格特，当然啦，继续寻觅那橡胶底篮球鞋的吱吱声。要是乔迪来告别，那也该是红衣主教抵达的前夕。法拉格特花一个月等待他的朋友，只是为了瞬间的快乐。也只能是这样。他猜想乔迪一定在跟监狱教士的助手那小子鬼混呢，他倒没一点儿妒忌。他无法预料乔迪越狱的计划能否成功，虽然报纸已经报道红衣主教的计划，但红衣主教跟乔迪的计划终究都显得既荒谬而又可笑。

法拉格特躺在床铺上。他想念乔迪。这种思念从内脏一直涌向他的心脏，他的灵魂，他的思想，整个身子终于充溢了这种思念。他等待着听到橡胶底篮球鞋的吱吱声，听到那充满青春活力的，也许是故意的也不太轻微的声音：转过身去，小鸡儿。他等待着听到橡胶底篮球鞋的吱吱声，正如他等待听到珍妮在波士顿卵石道上高跟鞋的橐橐声，等待听到将把弗吉尼亚送到十一层楼的电梯声，等待听到道蒂打开思拉斯大街上那扇生锈的门，在罗马的一个什么广场等待萝伯妲从 C 路公共汽车上走下来，等待着露茜安上子宫帽，赤裸着身子出现在浴室的门口，等待听到电话铃声，门铃声，教堂的报时钟声，等待着把海伦吓得魂不附体的暴风雨的消失，等待公共汽车，船舶，火车，飞机，水翼船，直升机，滑雪场的升降机，五点钟下班的哨声和火警，等亲爱的投向自己的怀抱。他一生中似乎花费了过多的时间和精力在等待上，但那种等待，即使是空有其人的等待，也绝对不是一种绝望；这是从旋风的性质汲取的一种哲理。

既然他每每认为他人生的意义就是去占有最漂亮的女人，他为什么要思念乔迪呢？女人拥有最大的也最能慰藉人的神秘性。人们在黑暗之中挨近她们，而且有时候，当然不是总那样，在黑暗之中占有她们。她们是一种被强化而且被固守的精华，是值得去征服的，一旦征服了，便源源不断产生猎获的礼品。在他最狂野的梦中，他希冀繁衍、生殖一村村、一镇镇、一庄庄、一城城的人。他似乎希望这种梦想能实现，想象足有五十个女人怀上他的孩子。女人是阿里巴巴大盗的洞穴，她们是清晨之光，瀑布，暴风雨，她们是星球的宏博的空间的化身；当他裸露着从最后一个裸露的道德家那儿滚着走开的时候，对此的意念使他做出了更好一些的决定。在他关于她们的光辉记忆之中有一丝自责，但自责并不是他的初衷。考虑到他那难以驯服的下身，只有一个女人才能使它的殷红冠之以一定的目的性。

他想，性的占有和性的嫉妒有一定程度的相似之处；在这里需要宽容与虚饰，以使性的占有与肉体的无常相称。他常常忽略他爱情中权宜的成分。他曾经想望和追求过用谎言使他愉悦、用绝对的轻率使他着迷的女人。他为她们买衣服和戏票，给她们支付理发钱和房租，有一次，还垫了脸部整容的钱。当他买上宝石耳坠时，他就要认真地估算一下凭这些钻石，他在性事上可以得到多少好处。他每每发现有瑕疵的女人是很可爱的。有的女人节食节得厉害，整天谈论健康饮食，说个没完没了，可你却偏偏发现她们躲在停车场里嘬棒棒糖呢，你不由得乐起来。他并不觉得乔迪的缺陷有什么迷人的地方。他压根儿没发现他有什么缺陷。

他对于乔迪炽热的、令人痛苦的需要充溢了他的从胯到周身可见的与不可见的每一个部分，他寻思他能把他对乔迪的爱带到大街上去吗？他能搂着乔迪的腰走在大街上吗？他能在机场吻乔迪吗？他能在电梯中牵着乔迪的手吗？要是他避免不干这一切，难道他就不能顺应这冒渎社会的可怕的律令了吗？他竭力想象他和乔迪在监狱外世界里的生活。他还记得他和马西娅、孩子一块儿度夏季假日时，有时候居住的法国小酒店和欧洲膳宿客栈的情景。年轻的男子、女人和他们的孩子——即使他们已不再年轻，但他们至少仍然是非常敏捷的——左右着潮流。他们避免跟年迈者和残疾的人待在一起。他们常去鬼混的地方谁都清楚，不断传出风闻。在这种家庭式的气氛中，人们时不时在酒吧尽头或餐厅的角落里瞧见一对男子或一对女子。他们是同性恋者，这一事实通常在异性待在一起所具有的明显的活力的相比之下显得更为突显。一个女子是柔顺的，另一个女子却扮演进攻的角色。一个男子是年迈的，另一个却是一个小伙子。人们对他们极为彬彬有礼，但从来不屑于邀请他们参加帆船比赛，或者一块儿去爬山、野餐。人们甚至不屑于邀请这种人参加村里铁匠的结婚典礼。他们是一种异类的人。他们如何使他们的饥渴的性伴侣感到愉悦，在同行的旅伴们看来，纯粹是一种杂技表演，是怪异的。他们并不像同行的旅伴们那样用一场快乐的大汗淋漓的做爱来开始他们的节目。在社会上看，对他们的偏见似乎是微乎其微的；然而，从更深一层讲，这种偏见是绝对的。他们沉溺于相互待在一起——正如他们有时做的那样——在同行的旅伴们看来，这种杂技表演是令人惊讶的，颠覆性的。法拉格特记得在一个法国小酒店餐厅里最快活的一对儿却是这同性恋者。对于神圣婚姻来说，那真是一个糟糕的时刻。妻子们哭泣。丈夫们愠怒。而同性恋者们却赢得了帆船赛，爬上了最高的山巅，在位的王子邀请他们参加他的午宴。那是一个例外。法拉格特把想象引到大街上，竭力给自己描摹他和乔迪在这样一种法国小酒店里的情景。那是五点钟。他们待在酒吧的尽头。乔迪穿着一件法拉格特买的白帆布外套；他就只能想象到这一地步。他不知道该怎么扭、怎么转、怎么拧了，要不他可以强迫自己的想象再继续驰骋下去。

如果爱情是一系列大同小异的现象，那么，既然乔迪是一名男子，法拉格特就有自恋的危险。他一生中只见过一次男子自恋的现象，他跟那个人共事过一年左右。那人在他的爱情中扮演了一个毫不重要的角色，也许对他很不利，他只随意注意到这种缺陷——如果这是缺陷的话。“你注意到吗，”那人会问，“我的一只眼睛比另一只要小一些？”后来，那人又神情紧张地问道：“你认为我留胡子——或者连腮髭——好看一些吗？”从人行道上往一家饭馆走，那人问道：“你爱你的影子吗？当太阳在我的背后，我瞧着我的影子，我总是很失望。我肩膀不够阔，而大腿又太宽。”一块儿游泳，那人问：“坦率地说，你觉得我的二头肌怎么样？我是说，你认为这二头肌太发达了吗？我每天做四十下俯卧撑保持肌肉，可我不想让别人把我当个举重的傻大个儿。”虽然这种问题不是一个接着一个地问，也不是天天问，但也经常使人觉得古怪。法拉格特开始纳闷，过后又坚信这人患上自恋症了。他谈起自己，就像在一种岌岌可危的婚姻中，另一个男子在征询对于他妻子的看法似的。你认为她美吗？你认为她嘴太贫吗？你喜欢她的大腿吗？你认为她该剪发吗？法拉格特并不认为他爱上自己了，但是，有一次，他从垫子上爬起来去撒尿，乔迪说道：“该死，老兄，你长得真帅气。我是说，虽然你真是够老的了，这儿又没多少光线，但在我看来，你瞧上去仍然挺帅气的。”法拉格特说，去你的吧，但是在他自我的心灵的广袤之中似乎绽放出一朵花，他却找不到这朵花，用鞋后跟一脚去踩碎它。他知道这无疑是妓女的行径，但他却无法自拔要这样做。他似乎早就明白他长得很英俊，一辈子就等别人说这句话似的。但是，如果因为爱乔迪而爱上自己，他可能会很快沉溺于业已消逝的青春岁月。乔迪是一种青春的象征，他拥有青春的甜蜜的呼吸以及青春的皮肤的馥郁的香气，而占有这些，法拉格特就占有了一瞬的青春时光。他思念他的青春岁月，就像人们思念一个朋友，一个情人，一幢驰名海滩上的、他曾在那儿度过年轻岁月的租屋。拥抱自我，拥抱业已消逝的青春，也许比拥抱一个漂亮的女人要容易些，这个女人的本性植根于往昔，植根于他根本无法理解的往昔。比方说，要爱米尔德里德，他就必须顺应她早餐吃凤尾鱼啦，烫得要命的洗澡水啦，延迟的快感啦，柠檬黄的墙纸啦，手纸啦，床单啦，灯罩啦，餐盘啦，餐桌布啦，室内装饰品啦，汽车啦的趣味。她甚至给他买了一件柠檬黄的下体护身[1]。而爱自己却是一种闲适的、不可能的，但是美妙的追求。爱自己是多么简单！

然后在追求死亡时，追求死亡的漆黑一般的简单真理时，得好好想一想，他扑在乔迪的身上，无疑是在心甘情愿地拥抱腐朽和堕落。吻一个男子的喉咙，带着激情去凝视一个男子的眼睛，如同殡仪馆的仪式和程序一样，是反自然的；像他那样

1 男运动员使用的一种弹性织物。

去吻乔迪肚子上紧绷绷的皮肤，无疑是在吻行将覆盖他的一抔黄土。

乔迪走了——他的爱和情感的时间表也就消失了——法拉格特发现他的时空观念有那么点儿被破坏了。他有一只手表，一本日历，他的环境也从来没有这么简单过，但是令人十分担忧的是，他从未正视过这样一个事实：他压根儿不明白自己到底蹲在哪儿。他站在障碍滑雪赛的起跑点上，他正在等火车，他正在新墨西哥州的一家旅馆，从一场吸毒的噩梦中醒来。“嗨，小不点儿，”他会喊出来，“我在哪儿哟？”小不点儿懂得这是怎么回事。“猎鹰者监狱，”他会这么回答，“你宰了你哥。”“谢谢，小不点儿。”所以，借助于小不点儿的声音，他才领悟到种种赤裸裸的事实。为了减轻这种令人困扰的恍惚的感觉，他记得他曾经在大街上体验过这种感觉。这种同时待在墙外两三个地方的感觉，他在以前就曾经经历过。他记得有一次，阳光明媚的一天，他站在一间装有空调的办公室里，却仿佛同时站在一间破旧的农舍里，眼瞅着行将来临的暴风雪。他站在一间高度消毒的办公室里，却闻到一股木屋的味儿，心里便想到车轮链条啦，雪铲啦，食品啦，燃料啦，酒啦——在一场暴风雪行将来临之时，一个待在僻远的屋子里的人所要想起的一切。这是一种回忆，当然啦，眼前景物撩拨起的对什么地方的回忆，但是，他为什么要在仲夏的一天在一间消毒室里如此违心地回忆这些呢？他竭力从味儿上去找原因。也许是一根在烟灰缸里燃烧的火柴撩起这回忆的，自从他在观察一次行将降临的暴风雨时被一次湿漉漉的、难以宽恕的勃起弄得狼狈不堪后，他对自己感官的回应性总是持怀疑的态度。但是，如果他能从点燃火柴的烟味来解释这种联想的双重现象，那么，他无法解释为什么关于农家小舍的栩栩如生的回忆却这么深地向他伫立的办公室的现实提出挑战。为了冲淡和驱散这种不合时宜的回忆，他迫使自己的心思越过这办公室——事实上，它完全是臆想出来的——回到种种不可辩驳的事实上来：今天七月十九日，室外温度华氏九十二度，时间是三点十八分，他午饭吃了甜酸泡菜酱[1]干贝或鳕鱼头，酸煎土豆，色拉，半个涂黄油的面包卷，冰激凌和咖啡。赋以这些无以辩驳的细节，像一个人打开门窗驱散烟雾一样，他似乎能驱散关于农家小舍的回忆了。他非常成功地想象出了办公室的现实，既然他对这种经验没有表露出任何真正的不安，那就非常完整地提出了一个问题，而对这个问题，他自己是完全懵懂无知的。

除了有组织的宗教活动和得意扬扬的媾和之外，法拉格特认为超验的经验只是一种危险的胡说八道而已。人们节省对于可被利用的人与物的热情。人们可能不理解热带雨林的植物群

1　用蛋黄酱、碎酸泡菜、油橄榄、香葱搅拌制成，食海味时用。

和动物群，但是人们却能理解将他们引向目的地的小路。不管怎么样，猎鹰者监狱的围墙和铁栅栏有时候似乎已消失殆尽，给他留下一片空白，那就更糟糕了。比如，有一天清早，他被厕所的吵闹声吵醒，发现自己置身在一片正在消逝的碎梦之中。他并不能确定梦幻的深度——或者说梦幻的深刻性——他（以及他的精神病医师）从来未能清晰地界定组成他觉醒意识的范围。在梦中，他看见了他享用过，但从未爱过的一个美丽女人的脸。他还看见或感觉到一座海岛上闻名遐迩的沙滩。空中飘荡着正在吟唱的幼儿园儿歌或节奏简单的叮当曲调。他追索这些飞逝的碎梦，仿佛他的人生，他的自尊，就指望他把这些碎梦拼凑成一个连贯的、有用的回忆似的。然而，这些碎梦却逃逸了，就像橄榄球赛中的持球者有目的地逃逸开去，他看见那女人和大海渐次消逝，然后那叮当儿歌的旋律也渐渐隐去。他瞅了一下手表。三点十分。厕所的骚乱寂静下去。他又睡着了。

几天、几星期、几个月或者更长的时间之后，他总是从这女人、沙滩、叮当儿歌的曲调的梦中醒来，他以初时同样的紧迫感去扑捉这些碎梦，然而，在音乐消逝之时，一个一个地都从他那儿飘逸而去。追寻缥缈的、不甚清晰的梦幻是件常事，但梦幻的飘逝却是不同寻常地深刻而生动。以他精神病学方面的经验，他自问：这梦是有色彩的吗？是彩色的梦，但颜色并不鲜艳夺目。海黑沉沉的，那女人没有涂口红，但回忆的种种却也并非纯然是黑白的。他思念这梦幻。他失去了他的梦，这使他感到真正的烦躁。当然，这梦并没有什么价值，它却似乎是一种护符。他瞅一下手表，看见时针指在三点十分上。厕所安静下来了。他重又入睡。

这重复迭起地发生，也许屡屡如此。时间倒不一定总是三点十分，但总是在后半夜三四点钟之间。他的回忆相当浮离于他对自己的了解，竭尽梦幻本身所具有的资源有节制地、迭次地变幻出一幅幅图案来，对此，他感到十分恼怒。他的回忆是放浪不羁的，他意识到他的回忆，跟他的下身一样，是难以驾驭的，因此，他就更加恼怒。一天早晨，他正小跑着从食堂穿过黑漆漆的地道到工作室去，他听见了那音乐，瞥见了那女人和大海。他猛一下子站住，后面有好几个犯人撞在他身子上，把他的幻梦击碎了。那是清晨的梦。而这梦在监狱各种不同的地方屡屡重现。有一天晚上，在他的牢房里，当他正在读笛卡尔时，他听见了那音乐的旋律，他等待着见到那女人和大海。牢房静极了。环境对于凝神细思是完美的。他思忖，要是他能捕捉到叮当乐曲的哪怕一两个旋律，他就能将整个幻梦编织出来。歌词和音乐都在渐渐飘逝而去；但是，他倒能追随这渐渐隐没的歌词和音乐。他赶紧抓来一支笔和一张碎纸片，想把他捕捉到的乐谱写下来；此时，他才意识到他压根儿不知道自己是何许人，待在什么地方，厕所的使用有了一种神秘性，他压根儿看不懂手中拿着的书。他不了解自己。他不懂他自己的语言。他倏然停止去追索那女人和音乐，让它们飘忽而逝，心中却感到一种释然。它们带走的是一种绝对的疏远感，使他感到有一点儿恶心。与其说他受了伤，还不如说他受到了极大的震动。他捡起书，发现自己能读懂了。厕所是拉屎撒尿的地方。这监狱叫猎鹰者。他是因谋杀罪而被判入狱的。他捡起了眼下一件件事情的细节。它们并不特别甜蜜，但它们却非常有用而耐久。他不知道要是他抄下了歌词，将会发生什么。它们似乎与死亡或疯癫无关，但他觉得没有必要去探究要是拼凑出了幻想曲将会发生什么。幻想曲又迭次地出现，他都坚决地将它们驱赶开了，因为它们与他所要走的路、与他的目的地毫无关系。

“有人来啦。有人来啦。”绿帽子说。很晚了，小不点儿还没喊锁门。小鸡二世和疯狗杀人狂正在玩拉米牌戏。电视节目毫无意思。绿帽子来到法拉格特的班房，坐在椅子里。法拉格特并不喜欢他。他的圆鼓鼓的粉红色的脸和他稀疏的头发并没因监狱生活而有任何的改变。绿帽子的夺目的粉红色，他的突出的脆弱性——这似乎是酒精和性事的困窘造成的——却也不失其炫耀的色彩。“你想念乔迪？”他问。法拉格特没搭茬儿。“你跟乔迪搭上了？”法拉格特默然。“哼，老兄，我知道你们是，”绿帽子说，“我不反对。他很美，他太美了。你愿听我聊聊吗？”

"下面有车等着送我去机场，"法拉格特说。接着，他赶紧严肃地说，"当然，当然，当然啦，我愿听你聊聊天，非常愿意。"

"我也处过男朋友，"绿帽子说，"那是在我老婆离家之后的事。就是我发现她在前厅地板上跟个小伙子鬼混那一次。我是在一家中国餐馆跟他搞上的。那会儿，我就是你看见的那种在中国餐馆吃饭的孤独的人。你知道吗？在美国所有的中国餐馆里，欧洲我去旅游过的地方的中国餐馆里，都有这种人。中福王朝餐馆、文红酒楼，到处挂着柚木骨架的纸灯笼。有的餐馆终年点着圣诞彩灯。还有纸花，纸花可多啦。一大家子、一大家子。还有怪人、胖女人、不入流的人[1]、犹太人。有时候有一对对情人，再加上我这个孤老头儿。我们孤独的人从不吃中餐。我们总是在中国餐馆吃伦敦烤肉或波士顿烤青豆。我们有点国际性。总之，我是个孤老头儿，在堪萨斯城外一家中国餐馆吃伦敦烤肉。有点儿地方风味的餐馆还都在城郊，在那儿你可以去喝上几盅，找个娘儿们，在汽车旅馆搞个床铺，租上那么几个小时。

"那地儿，我是说中国餐馆，约莫坐了一半客人。这个年轻人坐在一张餐桌旁。就这么回事。他长得很俊，那是因为他年轻。出不了十年，他会像旁人一样苍老的。他一个劲儿盯着

1 原文为 Sguare pegs，此系美国 1982 年一电视连续喜剧名，描写两个因贫穷和长相不好而被拒于学生小团体之外的新生的故事。

我微笑。不瞒你说，我当时并不明白他要干什么。当我吃菠萝片——每块菠萝上插根牙签——和占卜饼[1]时，他来到我桌边，问我饼里的小纸条上写什么来着。我跟他说，不戴眼镜，我看不清，而我又没戴眼镜，他就把纸条拿过去，读起来，或者装模作样读起来，他说纸条上面写着我在一小时之内会有一场美丽、冒险的艳遇。我问他，他那张纸条上写什么来着，他说也一个样。他还一个劲儿冲着我微笑。他讲起话来嘴可甜啦，但瞧上去也够寒碜的。你可以看得出来，他一嘴甜言蜜语全是鹦鹉学舌学来的。我走出餐馆，他也跟着走出去。他问我在哪儿住，我说我就住在汽车旅馆，这家餐馆开的。他问我房间里是否有什么可喝的。我说有，问他愿不愿意去喝上一杯。他说行，将手搭在我肩膀上，好亲热的样子，我们就回到房间。他问可以喝酒吗？我说当然，告诉他威士忌、冰块在哪儿，他调制了挺好的饮料，坐到我身边来，开始吻我的脸。男子汉吻男子汉，叫我腻味极了，虽然吻我又没伤着哪儿。我是说，男子亲吻女子是异性相吸，可男人吻男人，除了在法国，这算什么玩意儿。我琢磨，要是有人拍下这小子吻我的画面，这该是一张多么奇怪、多么不自然的照片。可是，我想，还有什么比一个老头儿孤单单地待在一家中西部中国餐馆吃烤青豆更奇怪、更

1　一种夹层饼，夹有写着预言吉凶祸福或格言的小纸片。

不自然的呢？——我决不胡说八道——当他很有技巧、温柔地来抚摸我的下身时继续亲吻我，我的下身饱满地鼓胀起来，并开始射出精液，当我要去抚摸他时，他正干得来劲儿。他又给我调了酒饮料，问我为什么不脱掉衣服，我说你为什么不脱，他便拉下裤子，裸露出非常漂亮的下身，我也脱去衣服，两人光屁股坐在沙发上呷酒饮料。这是我一生中头一次有一张嘴凑近我的下身。我想这要是在新闻纪录片或报纸头版刊登出来的话，看上去会糟透了，但显然我的下身从未看到过报纸，它疯狂起来了。然后他建议我们上床，我们便上床了。以后我只知道响起电话铃声，那已经是早晨了。

“周围黑漆漆的。我孤零零一个人。头疼得厉害。我拿起电话筒，传来一个声音，‘现在是七点半。’我在床上整个儿地摸了一下，看是否留下精液的遗迹；床上没有留下任何痕迹。我走到壁柜前，瞧瞧我的钱包，所有的钱——大约五十美元——没了。信用卡和其他东西没拿走。这小贼跟我开了个玩笑，下了迷魂药，偷走了我的钱。我丢了五十美元，但我想我因此学乖了点儿。我刮胡须时，电话铃响了。是小贼打的。你一定以为我会对他暴跳如雷，是不是？但我却充满了甜蜜和友好之情。他一开口就说，对不起，饮料配得太浓，让我昏睡过去了。然后他说，我实在不应该给他那么多钱，他不配得。他说他很对不起啦，本来他可以让我乐一下，不收钱的，问我下一次什么时候见面。我知道他愚弄了我，灌醉了我，强暴了我，但我却仍然非常想他，我说我大约五点半回旅馆，干吗不那个时候来呢？

“那天，我要访问四家人家，我去了，做了三笔买卖，在那地方，这算相当不错的啦。回到旅馆时，我心情挺好，喝了点酒，五点半，他来了，这次我自个儿为他调了饮料。我调饮料时，他哈哈大笑，我没提迷魂药的事。他脱去衣服，将衣服折好放在椅子上，在我的帮助下，他脱去了我的衣服，吻遍我的全身。然后，他站在浴室门的大镜子前瞧自己，这是我头一遭见到了男人犯上人们所谓的自恋的毛病。赤裸着身子在镜子里瞧自己，老看个没完没了。他看得没个够。他怎么也离不开那面镜子。我得琢磨我该怎么办了。我发现了一张支票，钱包里揣着六十美元。我得把钱藏起来。他在顾影自怜的当儿，我为我的钱担忧。我瞄了一眼，看他如何专心致志地、真正心驰神往地瞧自个儿，我便捡起地板上的衣服，往壁柜里一挂。他没注意我，他只在欣赏自己。他在那儿玩弄着他的下身，而我则躲进壁柜。我从钱包里拿出现金，往鞋后跟里塞。他终于离开了那面镜子，跟我一起坐到沙发上，抚摸我，当我高潮来时，我开心死了。然后，我们穿上衣服，到中国餐馆去。

“穿鞋的当儿，因为后跟里塞了六十美元，脚怎么也伸不进鞋里去。我有信用卡可以付饭钱。去餐馆的路上，他问我干吗一瘸一拐的，我说我没瘸呀，我心想这小子知道钱藏在哪儿啦。在这餐馆里可以使用空白委托书，我不再是中国餐馆里的孤老头儿了，我是一个年老的同性恋者与一个年轻的同性恋者在一起。在一家中国餐馆里，我一辈子对这种一对对的同性恋者瞧不起，而现在我对他们更瞧不起。那顿饭吃得很丰盛，很阔气，我用空白委托书开了一张支票，他问我难道没现钱吗？我就说，我不是全给了他了吗？是不是呀？他哈哈大笑起来，回旅馆房间的路上，我非常小心，别再现出跛脚的样子，心里琢磨这六十美元该怎么花，因为我不想给他那么多。我把鞋藏在一个阴暗的旮旯里，我们上了床，互相又做起爱来，然后便聊天，我问他是什么人，他全告诉了我。

“他说他原叫犹赛帕，或者叫乔，后来改名叫迈克尔。他父亲是意大利人。妈妈也是白人。他爸在缅因州经营一家奶牛场。他上学，课余时间在他爸的奶牛场干活，九岁上，奶牛场工头开始干上了他。他喜欢这个，每天都来上那么一次，后来那工头问他是否愿意从后面干。那时，他十一二岁。在找到门路之前，他试了四五次。当一切顺手了之后，他感觉好极了。就这样他们一直这么干。但他觉得又要上学，又要在农场干活，除了工头之外又见不到其他人，这生活太苦了，于是他就开始当扒手，起初在附近的镇上，然后到附近的城里，后来全国、全世界瞎逛。他说，他就是这么个人，一个贼，我不该为他感到难受，也别琢磨他以后怎么办。

“在他聊的当儿，从头到尾我竖起耳朵仔细听，以为他讲起话来会像个妖里妖气的搞同性恋的男子，但是他却没有，也许我没听出来。对那些搞同性恋的男子，我是有很强的偏见的。我总是想这帮人既愚蠢又软弱，但是他聊起来却跟平常人一样。对他说的那些事儿，我挺有兴趣，因为我觉得他看来很温和，很多情，甚至很纯洁。那晚跟他一起躺在床上，我觉得他似乎是我认识的人中最纯洁的，因为他没一丁点儿良知，我想我是说他没一丁点儿预设的良知。他干这一切，就好像一个泳者在纯洁的水中游泳一样。他说他困了，乏了，我说我也困了，乏了，他说偷了我的钱很对不起，以后有了要还我，我说算啦，然后他说，他知道我在鞋里藏了现金，他不会偷的，别担心，我就这么睡着了。睡得挺好，早晨醒来，我煮了咖啡，我们开玩笑，刮脸，穿衣，钱还在鞋里，我说我要迟到了，他说他也要迟到了，我说他干什么要迟了，他说在273房间有个主儿在等他，问我在不在意，我说不，我想我不会在意，他问我是否能在五点半左右的时候见面。我说没问题。

“所以，他走他的，我走我的，那天，我做了五笔生意，我想他不仅纯洁，而且幸运，回旅馆时我感到很幸福，冲了个澡，喝了两杯酒。五点半不见他的人影，六点半，七点，也不见他来，我想他准找到个不将钱藏在鞋子里的主了，我想念起他来，七点过后，电话铃响了，我像溜垒一般冲过去抓住电话，心想这准是迈克尔，但这是警察局打来的。他们问我是不是认识他，我说当然认识。他们问我能不能去县法院一趟，我说干吗，他们说到了之后他们会告诉我的，我说行，就来。我在大厅里问了一个人怎么去县法院，他告诉了我，我就开上车去了。我琢磨他也许因为流浪罪被抓了起来，需要保释，我乐意，我乐意，我急着要把他保释出来。当我跟给我打电话的中尉谈话时，他很和气，但也很忧伤，他问我到底对迈克尔了解多少，我说我在中国餐馆认识了他，跟他一起喝了几次酒。他说，他们并不是要控告我什么，只是想问我对迈克尔的身份是否有足够的了解，我说当然啦，心想他也许受到什么嫌疑的牵连，虽然我开始意识到也许比这更严重得多。我跟着他走下楼梯，根据一股股恶息，我知道我们在往哪儿走，那儿一个个大抽屉，就像一个个大档案柜，他一把抽出个抽屉，迈克尔躺在里面，当然啦，挺尸在那儿啦。中尉说，他们发现他时，背上戳着一把刀，一共扎了二十二刀，这警察，我是说中尉，说他是个非常严重的吸毒者，我琢磨有人真那么恨他。他们一定在他断了气之后很久又扎了不少刀。中尉和我握手，我想，他用询问的目光瞟了我一眼，瞧我是不是个吸毒者，或者同性恋者，他放心地笑了一下，大概认为我啥也不是，虽然这一切我都是可以装出来的。我回到旅馆，又喝了十七杯酒，一边哭泣一边睡着了。”

不是那晚，而是晚些时候，绿帽子告诉法拉格特关于“河谷”的事儿。“河谷”是个长长的房间，在地道旁边，饭厅的左手。在墙边是铸铁的便池。房间里灯光十分黝黯。小便池边的墙面贴着白瓷砖，几乎映不出什么影子。你可以估算出蹲在左手和右手的人的身高和容貌，而这是最重要的了。犯人饭后到这里来自我疏泄欲火。只有那种让人扫兴的人才是踱入这地牢撒泡尿就走。这儿有一套规则。你只能碰另一个人的大腿和肩膀，其他地方不能碰。便池一次可以容纳二十个人。二十个人站在那儿自渎，有的软软的，有的坚挺勃起，有的处于两者之间。如果你完了还想再来，排到末尾去。经常有人开这样的玩笑：几次啦，查利？五次啦，腿酸极了。

考虑到男性生殖器是我们生存链中至关重要的环节，这一基本工具的形状、颜色、尺寸、特点、脾性和回应的种类比身体的其他部位都更多。它们是黝黑的、白的、红的、黄的、紫的、褐色的、疣似的、皱巴巴的、好看的和丝质一般光滑的。

它们像大街上打烊时的男人群，似乎代表青春、年龄、胜利、灾难、笑声和眼泪。在“河谷”有疯狂的、不由自主地抽搐的人，有长时间自渎达半小时的人，有呻吟和唏嘘的人，大部分人一旦勃起，便颤动、摇曳、气喘吁吁，发出哭泣、痛苦、快乐的声音，有时候还发出死亡般的颤音。他们周围一对对情人的形象笼罩在一层晦暗之中是必然的。他们有一种普遍性，他们是魔影，任何皮肤的疮口，或者残酷、丑恶、愚蠢或美的迹象都隐而不见了。乔迪走后，法拉格特经常到“河谷”去。

当法拉格特弓下身子在这铸铁便池上或者往铸铁便池上发泄时，他并没有体验到真正的悲哀——大部分时候只是对宣泄自己的精力于铸铁便池之上感到一丝不悦。从便池上走开，一种似乎误了火车、飞机、班轮的感觉向他袭来。他误点了。他体验到一些明显的身体的宽释与改善：精力的宣泄清爽了他的脑袋。从便池走开，他没有感到任何与羞耻和悔恨有关的情感。他所感觉到的，他所看到的是一种完全缺乏性欲理性的现象。这就是他误了目标的原因，而这目标具有精神与肉体结合在一起的神秘性。对这一点，他知道得很清楚。健康与美是有一个界限的。健康与美有一个空间，有一个底线，就像海洋有个海底一样，而他犯了道德天理。这种罪愆是一种腐败不堪的罪愆，但并不是不可饶恕的，然而，他受到庄严世界的谴责。世界是庄严的，即使在监狱，他也知道世界是威风堂堂的。在弥撒当间儿他宽恕了自己。他记得他小时候，当他发现他的裤衩、他的手、他的衬衣尾摆濡上一种晶亮的黏液时所体验到的那种惊惶和不安。从《童子军手册》上，他知道他的下身将要长出像鞋带一样又长又细的东西，而从那里射出来的黏液是脑力的精华。这种可悲的湿漉漉的现象使他注定在大学教育委员会的考试中失败，只得在中西部什么地方一所破旧的农业学院上学……

马西娅以她绝代佳人的美重又出现了，身上散发出一股股挑逗人的馥香。她没有亲吻他，他也没有试图将手盖在她的手上。“喂，齐基[1]，我给你带来彼得的信啦。”

“他怎么样？”

“他似乎挺好。他不是上学就上野营地去，我很少见到他。他老师告诉我，他很合群，也很聪明。”

“他能来见我吗？”

“精神病医师们认为不行，在他这年龄上不行。我跟好多精神病医师和咨询者谈过——对这我可小心啦——他们认为既然他是个独生子，到监狱探视自己的生身父亲会使他沮丧、一蹶不振的。我知道你不管精神病医师那一套，我也倾向于同意你，但我们无论如何得听听很有名望、很有经验的人们的意见，而这就是他们的意见。”

“我能看他的信吗？”

1　伊齐基尔的爱称。

“当然能，让我找找看。今天我总是丢三落四的，什么也别想找着。我不信什么吵闹鬼，但有些天我什么都能找着，有些天什么也别想找着。今天是最糟糕的。今天早晨，我找不着咖啡壶盖。找不着柑橘。然后又忘了把车钥匙丢哪儿了，找到了车钥匙，开车去接清洁工，又忘了她住哪儿。找不着我想穿的衣服，找不着耳坠。找不着袜子，为了找袜子我又忘了眼镜放哪儿了。”要是她找不着那信封上用铅笔歪歪扭扭写着他名字的信，他会伸手一下子掐死她的。她把信放在柜台上。“不是我让他写信的，”她说，“我也不知道他写什么来着。我想我应该拿去给医生瞧瞧，但我知道你不乐意我那么干。”

“谢谢。”法拉格特说。他将信放在贴身的衬衣口袋里。

“你不打开瞧瞧？”

“待会儿。”

“嗯，你太幸运了。就我所知，这是他长这么大第一次写信。告诉我，你怎么样，齐基。我看，虽然说不上你气色很好，但瞧上去还是不错。跟原先差不多。你还梦见过那金发女郎吗？你当然梦见啦；我一眼就瞧出来了。难道你不明白压根儿就没有这样一个金发女郎，齐基，而且将来也不会有吗？哦，从你抬头的那样子我看得出来，你还在做那金发女郎的梦，她从未有过月事，从不修大腿，从不对你的所作所为提出任何挑战。我想，你在这儿有男朋友吧？”

“我有过一个，”法拉格特说，“但我从未干过冒渎的事儿。我死后，你可以在我坟头立这么一块碑：‘伊齐基尔·法拉格特长眠于此，他从未干过冒渎的事。’”

她突然间十分感动，刹那间她似乎发现心中尚存一丝对他的钦羡之意；她的微笑、她的存在似乎变得十分随和，充满柔情。“你头发变白了，亲爱的，”她说，“你没注意吗？在这儿不用待上一年，你就会长出一头白发。不过，那倒挺合你的样子。哦，我得走了。我给你带的吃的东西留在办公室了。”直到熄灯、电视机关了之后，他才把信拿出来，借着从院子里射来的幽幽的光，读信：“我爱你。”

红衣主教抵达的日期日益逼近，连无期徒刑的犯人也说，他们还从未看见过这么激动、紧张的场面。法拉格特忙着刻告示啦，指示信啦，命令啦，有些命令似乎真有点神经病。例如：“全体犯人正步进入和撤离操场时，必须高唱‘上帝保佑美国’，特此命令。”有一点儿常识的人都不干。谁也没遵守这道命令，谁也没强行去推行它。一连十天，全体犯人被赶到绞刑场、棒球场和如今被权当操场的地方。即使下倾盆大雨，也让他们操练立正。他们都有点激动，在激动之中有很大的严肃的成分。当小鸡二世做了个小号角，唱道“明天啊明天，分发红衣主教，每人奉送半磅奶酪啊”时，大伙儿都不笑，没一个笑的。小鸡二世只是个混蛋而已。红衣主教来的前一天，每个人冲了个澡。上午十一点钟光景断了热水，F牢区的犯人只得吃了饭以后去洗澡。法拉格特回到班房，正擦皮鞋时，乔迪来了。

他听见嘟嘟声和口哨声，抬头只见乔迪正往他班房走来。乔迪发胖了。瞧上去气色挺好。他往法拉格特这儿走来，走路的样子很美，一蹦一蹦的，像个骑马师的步法。法拉格特宁愿看到他的这一骑马师般的步法，而不愿乔迪性欲激发、骨盆像傻瓜蛋在傻笑一样在他身上乱推乱挤。这种乱推乱挤使法拉格特想起葡萄的藤蔓，他知道葡萄藤蔓是要精心整修的，否则它们有可能毁坏石楼、城堡和教堂。葡萄藤蔓有可能将一座王宫摧毁。乔迪走进他的班房，吻了他。只有小鸡二世起哄吹了声口哨。“再见，亲爱的。”他说。“再见。”法拉格特说。他处于一种紊乱、纷繁的心绪之中，他很可能会哭出来，好像他为了一只死猫、折断的鞋带、投错的棒球而哭泣一样。他可以怀着激情吻乔迪，但是不可能充满柔情。乔迪转过身子，走开了。在法拉格特和乔迪之间从没有比法拉格特对乔迪说声再见更激动的事。在他探求他的友谊的真谛时，他联想到海滩、坟墓和其他事物，但他完全忽略了他亲爱的朋友阴谋逃亡所引起的兴奋和激动。

小不点儿八点钟喊锁门，像平时一样，开了一个前半夜甜睡和自我亵渎的玩笑。他说，当然啦，他乐意他的犯人站在主教跟前个个都那么帅气，那么美。他九点钟熄了灯。唯一的光来自电视机。法拉格特上床睡觉，睡着了。厕所的哗啦啦的水声吵醒了他，然后他听见了雷鸣。起先隆隆雷声使他感到愉悦而激动。这不连贯的雷声的轰鸣似乎告诉人们，天空并非是个虚幻的无限，而是也有寺院的穹顶、圆形大厅和拱门的实体。他记得飞行员说过，要是下雨，典礼就取消。一想到暴风雨将引来一天的淫雨，他的心就被扰乱了。他赤裸着走到窗前。这裸露的犯人十分忧虑。倘若下雨，也就不会有越狱，不会有红衣主教，什么也不会有了。可怜可怜他吧；请理解他的恐惧吧。他太孤独了。他的爱，他的世界，他的一切，都完了。他希冀看到红衣主教乘直升机来监狱。他又满怀希望地想，暴风雨什么都是可能带来的。暴风雨可能带来冷锋，可能带来暖锋，也可能带来晴朗的一天，使人感到心旷神怡。开始下雨了。雨水倾泻在监狱里和他那部分世界。但只下了十分钟。然后，这雨，这暴风雨，无情地扫向北方，而一股股雨水激起的熏人的恶臭以同样迅急的速度升腾起来，往法拉格特站着的铁窗这边直扑过来。不管他在哪儿，他总是以他的长长的、长长的鼻子，来回应这一阵阵刺鼻的芬芳——他狂喊，挥舞他的双臂，给自己倒上一杯酒喝。现在，他找到这种原始的激动之情的踪迹和记忆了，然而，这一切因为铁栅栏而十分残酷地消退了。他回到床上，聆听着从炮楼上淅淅沥沥掉落下来的雨声，睡着了。

法拉格特得到他希冀得到的：无可比拟的美丽的一天。要是他是一个自由自在的人，他会声称他可以乘上天光去腾云驾雾。这是一个假日；这是有一场精彩的橄榄球赛的一天；一场马戏；七月四日[1]；一场赛艇会；正如美丽的一天应该是的那样，天黎明了，晴朗、凉爽而美丽。由于主教管区的恩赐，犯人早餐每人吃两片火腿。法拉格特穿过地道去排队领美沙酮，甚至这群人类的渣滓也在兴高采烈地蹦蹦跳跳。整八点，他们站在班房门口，刮了脸，穿上白衬衣，有的人还抹了发油，这从牢区飘散着的一股股香味一闻便知道了。小不点儿对他们一一端详了一番，然后，正像节假日或适逢盛典的日子那样，给大伙儿闲玩的时间。

电视正在演美术片。他们可以听见从别的牢区传来的哨声，当过兵的看守嘶喊着，让犯人整好队形。才八点刚过一点儿，红衣主教要中午才来呢，已经有人命令犯人整队开进绞刑场。监狱的围墙遮蔽着暮春的阳光，而正中午时，那太阳够烤炙人的。小鸡儿和绿帽子正在掷骰子。法拉格特身上的美沙酮正来劲儿，很容易便可以消磨他的闲暇时间。时间就是新鲜面

1　美国独立日。

包，时间就是怜悯，时间就是你可以在其中游泳的一泓柔水，时间以光的优雅与闲适的神态从牢区流逝而过。法拉格特想读书。他坐在床铺边上。他是一个四十八岁的男子了，坐在班房的床铺边，他是因谋杀哥哥罪而被不公正地判入监狱的。他是个穿着白衬衣坐在床铺边的男子。小不点儿吹响哨子，犯人又全肃立在班房门口。一共这么练了四次。十点半，犯人两人一排地正步穿过地道，然后在一块馅饼形的、用石灰标出“F”字样的地方整队。

阳光渐渐移到广场上来。哦，美好的一天。法拉格特思念乔迪，心中思忖，要是他失败，他会不会被关禁闭、关隔离牢房，或者因企图越狱，再加判七年徒刑？就他们知道，只有他和监狱教士那小子了解这计划。小不点儿喊立正。“今天我希望得到你们的合作，”小不点儿说，“让两千个小子集合在这儿可不是一件容易的差使。塔楼看守今日全换上了神枪手，正如你们知道的，他们有权向任何一个有嫌疑的犯人开枪。我们今日全换上了神枪手，无须打霰弹枪。黑豹党的头儿同意不致礼。红衣主教抵达时，你们大伙儿行校阅稍息。要是你们中有人没当过兵，问问朋友校阅稍息是怎么回事。挑了二十五个人拿圣餐。红衣主教忙得很，他在这儿只待二十分钟。典狱长先致词，然后是督察员讲话，督察员是从奥尔巴尼专程赶来的。然后，他颁发毕业证书，主持弥撒，给你们这帮混蛋祈福，接着就离开。

我琢磨如果你们想坐下的话，你们可以坐下了。你们可以坐下，我希望你们一听到立正口令，全体立即站起来，痛痛快快的，不要拖泥带水，昂起头。我要为你们感到骄傲。想撒尿，就撒尿，可别在别人要坐的地儿撒。”大伙儿为小不点儿鼓掌，然后大部分犯人都撒了尿。法拉格特琢磨，膀胱涨得爆了也是一种普遍性。在这段时间他们可以互相完全了解。他们全坐下了。

有人在试广播系统：“喂，喂，一,二,三。喂，喂，一，二,三。”声音很响，很刺耳。时光飞逝。上帝的信徒是非常准时的。十一点四十五分，犯人得到立正的命令。他们很齐整地列好队。他们可以听见直升机的隆隆声，越过山峦，到谷底轰一声响亮起来，然后飞越河谷，悠悠的，悠悠的细声；悠远、响亮，山峦、河谷，直升机的声响描画出监狱外的地形。直升机进入视界时，看上去并不比一架飞行中的洗衣机优雅多少，不过，这根本没什么关系。它轻柔地滑降到目的地，从直升机舱口走出三个侍僧，一位穿一套黑色西装的先生，然后是红衣主教，他要么是个上帝特别施恩的人，赋之以超凡的尊严和美，要么是主教管区就凭他这些超众之处而挑选上他的。他举起手来。戒指闪亮着精神和政治的力量。“我在小偷手上瞧见过的戒指比这漂亮多了。”小鸡二世轻声地说，“这玩意儿，在黑市上连三十美元也没人要。上一次，我偷一家首饰店，我在黑市上卖——”人们都向他瞪眼，让他闭嘴。大伙儿都转过身来，叫他别出声。

主教教袍鲜艳的红色似乎被赋予了生命，非常圣洁，马车灿烂辉煌，足够让大伙儿肃静下来。他步下直升机，提起他的长袍，当然不是娘儿们步下出租汽车时的那种姿势，而是像一个红衣主教的样子，走下他的飞机。他尽可能地伸直胳膊，往上、往下、往左、往右画了个十字，绞刑场上响起一片祈祷声。In nomine Patriset Filii et Spiritus Sancti（拉丁文：以圣父、圣子和圣灵的名义）。法拉格特倒乐意为他的儿子和他的妻子，为他情人的安全，为他死亡的哥哥的灵魂祈祷，为他智慧的拓展而祈祷，但是，在这众多硕大的心愿中他只能吐出一个词：阿门。一千个其他犯人全在喊：阿门，这两个字从这么多喉咙里发出声来，犹如一阵庄严的耳语，扫过这绞刑场。

广播系统状况如此良好，使嗣后发生的一阵忙乱，谁都听得清清楚楚。“您请先走。”督察员对典狱长说。“不，您先走。”典狱长对督察员说，“按这儿规矩，您先走。”“我说，您先走。”督察员生气地对典狱长说。典狱长走上前去，跪下，吻红衣主教的戒指，站起来，说：“高贵的阁下，您不吝生命危险，莅临猎鹰者康复中心，对此，我个人，并代表副典狱长们、看守和全体犯人，向您表示敬慕之意。这使我想起孩提时光，一次长途旅行之后，我睡着了，我父亲将我从车里一直抱进屋子。我知道我很沉重，但我父亲却对我表示了那么宽厚的爱，而这正是我今天所体验到的感情。”

一阵掌声——犹如水击打在岩石上的淙淙声——却没有水声那种难以名状的秘密，掌声显然是表达一种感激之情，是一种礼貌的表示。法拉格特清晰地记得站在戏院、音乐厅或教堂外面听到的掌声。那是在一个夏夜，他作为一个旁观者，站在停车场等待散场，这时，听到了清晰的掌声。这总是使他惊讶并深深地感动，他意识到人们对于这表示热情洋溢和赞同的信号的反应竟然是如此纷繁各异，是如此的热烈。典狱长请督察员讲话。督察员头发灰白了，穿一套灰色的西装，打条灰色的领带，这使法拉格特想起在很遥远、很遥远的地方那种灰色的、难看极了的办公室资料柜。“阁下，”他照着一张纸念道，显然是头一遭这样讲话，“女士们，先生们。”他皱了皱眉头，抬起脸，耸起浓眉，对起草人的错误表示不悦。“先生们！”他喊道。“我在此对红衣主教阁下表示我的以及州长的感激之情，红衣主教搭乘直升机访问康复中心，在本教区的历史上，也许在全人类的历史上，是一次首创的事件。州长对其未能亲临会场对红衣主教表示他个人的感激之情深表诚挚的遗憾，因为他，正如众所周知的，正在本州东北水灾地区视察。近日来，”他加足了马力，“我听到许多关于监狱改革的议论。描写监狱改革的书成了畅销书。所谓的职业刑罚学家，从东海岸跑到西海岸，大讲特讲其监狱改革。但是，监狱改革从何处着手？难道始于书店吗？难道始于讲堂吗？不，监狱改革，正如一切认真的改革一样，始于其根。根在何处？根在监狱！我们今天莅会来纪念一个富有勇气的步骤，这个步骤由于银行信托大学、主教管区、行为纠正司，特别是全体犯人的共同努力才成为可能。这四个方面一起完成了我们也许可以比之为、自然也只能譬喻为奇迹的一种事业。这八位卑微的人士成功地通过了一次极其困难的测验，这种测验，许多声名遐迩的工业家也未必能应付。我非常清楚，由于诸位囚禁于此，而非常违心地牺牲了选举的权利——这种牺牲，州长计划要改变一下——所以，今后诸位一旦在选票上看到州长阁下的大名，我深信，你们一定会想起今天的日子。”他挥舞一下袖口瞅了瞅表。“在我颁发这些令人钦羡的毕业证书时，请不要鼓掌，请颁发典礼完毕之后，再鼓掌祝贺。弗兰克·马苏洛，赫曼·米尼，麦克·汤姆斯，亨利·菲利浦……”最后一份毕业证书颁发完后，他降低了声调，以一种从世俗事物转向精神事物的真诚的感动语气说道：“请主教阁下主持弥撒。”正在这时，乔迪从长凳后面的锅炉房走出来，深深地跪拜在主教后面。他在圣坛的右边占了一个位置，仿佛是个刚去撒了尿回来的侍僧。

看在主的分上，帮助我们吧。[1] 祈祷的喜悦，犹如爱情的

1　原文系拉丁文。

喜悦一样，使法拉格特时时激动不已。求万能的上帝怜悯你，饶恕你的罪恶。求万能的上帝怜悯你们，饶恕你们的罪恶，把你们引向永生。公正、光荣、万能的上帝，请宽容、解除、减轻我们的罪恶。求上帝给我们以力量。慈悲的主，显示你的荣耀吧。[1]人们嗡嗡嗡地祈祷着，直到最后一个阿门。他画了个大大的十字，回到直升机边，后面尾随着他的随行人员，包括乔迪。

螺旋桨激起一阵阵尘土，飞机升腾起来了。有人在广播里播送教堂钟声录音，在这光荣的钟声中，他们升向天空。啊，荣耀，荣耀，荣耀！欢乐的钟声压过了留声机唱针和唱片上一个轻微的瑕疵造成的咝咝声。直升机的隆隆声和悠扬的钟声充满了天际和大地。他们欢呼啊，欢呼啊欢呼，有的甚至哭了。钟声停了，直升机在天空中飞翔着，俯视着周围的土地，那闪闪发光的、失落的、可爱的世界。

主教的直升机在拉瓜迪亚机场降落，那儿停着两辆大车。这种车乔迪只在电影里见过，其他地方哪儿也没碰到过。主教阁下和督察员先生乘一辆。侍僧们挤进第二辆。乔迪太激动了。浑身在发抖。他竭力只想两件事，旁的什么也不去思索。他要去痛痛快快喝上一顿。他要去找个娘儿们睡觉。这倒有点

---

1 原文系拉丁文。

管用，可手心还是直冒汗，筋骨上淌着大颗大颗的汗珠，眉毛上的汗水直往眼睛里灌。他将双手紧捏在一起以掩盖身子的颤动。他担心，车到达目的地，他却不能像个自由人那样走路。他都忘了该怎么走路了。他想象也许铺路石会飞将起来，击打在他的前额上。他竭力使自己相信，他是奇迹的一部分，他的越狱是上帝的意志。打听打听吧。“我们上哪儿？”他问了侍僧。“我想，该是上教堂，”那侍僧回答，“我们衣服全放在那儿。您是从哪儿来的？”“圣安瑟伦教堂。”乔迪说。“我是说你怎么去的监狱？”“我清早就去了，”乔迪说，“我是乘火车去的。”

车窗外所见的城市，与其说美丽，还不如说相当的荒凉而陌生。他琢磨到他能自由自在地行动还要多长时间，他把时间看得跟一段段道路一样，似乎勘查员可以使用仪表测量出来似的。车一停，他打开车门。主教步上教堂的台阶，人行道上有两个人跪拜了下来。乔迪走下车。腿上一点劲儿也没有。自由像一阵飓风向他袭来。他一头扑倒，赶紧用手撑住身子。“该死，老兄，你喝醉了？”后面的侍僧喊道。“加酒精葡萄酒，”乔迪说，“那葡萄酒放了酒精。”猛然间，他又有了力气，站起来跟着大伙儿走进教堂一间千篇一律的祭服室。他脱下长袍，当旁的侍僧打上领带、穿上外套时，他竭力装出一副庄重的样子穿上白衬衣、统一发放的工作服和橡胶底篮球鞋。他干这一切时统统耸起肩膀。在一面长长的镜子里他瞅一眼自个儿，他看得出来，无论从哪一方面讲，他瞧上去完全像个越狱的逃犯。他的头发、他的苍白、他的颤动的步履，即使一个半醉的人也看得出来，这是个从监狱里逃出来的怪人。“主教阁下要跟您谈一谈，”督察员先生说，“请跟我来。”

门开着，他走进一间跟家乡牧师忏悔厅有点相像的房间。主教站在那儿，现在穿上了一套黑西服，伸出他的右手。乔迪跪下，吻他的戒指。“您是从哪儿来的？”“圣安瑟伦教堂，阁下。”乔迪说。“在本教区并没有圣安瑟伦教堂，”主教说，“我明白你是从哪儿来的。我也不知道我为什么要问。在你的计划中，时间一定起了很大的作用。我想，你有十五分钟空余的时间吧。真叫人激动，是不是？让我们出去。”他们离开这房间，离开了教堂。在人行道上，一位妇女跪下，主教伸出戒指让她亲吻。乔迪看得出来，这是他在电视上见过的女演员。还没走到街区尽头，又有位妇女跪下吻戒指。他们穿过街道，第三位妇女跪下吻戒指。为了她，他疲倦地画了个十字，然后，他们走进一家商店。刹那间，人们就意识到他们的到来。老板走上前来，问主教是否需要一间私人房间。“我也不知道，”他说，“由您定吧。这位年轻人和我十五分钟后有一次重要的会见。他穿着不太合适。”“没事儿，我们马上就办。”老板说。这人用尺子给乔迪量身材。“您简直是一个完美的服装模特儿。”这人说道。这使乔迪感到飘飘然，但他很快意识到在这整场奇迹中，虚荣心是不应有其位置的。二十分钟之后，他漫步走上曼迪逊大道。他的步履富有弹性——这跟运动员平生第一遭上场打棒球一样——在有些情况下，这种步履本身就是一种奇迹。

4

八月的一天，三伏天。罗马和巴黎，除了旅游者之外，几乎都空了，甚至教皇也在甘多夫堡[1]休假呢。扎了美沙酮，法拉格特前去教育楼跟A牢区之间的大草地刈草。他从车房拿出刈草机和汽油缸，跟疯狗杀人狂开上几句玩笑。他用抽绳来发动刈草机马达，这使他想起久远往昔的日子里在山湖里的艇外推进机。那一年夏天他学会了滑水，不是在汽艇后面滑，而是拉在一艘赛艇后面滑水，那赛艇是加华德牌的。他在一阵涌起的尾流里做了个急转弯——嘭——冲进起伏的波浪中，然后狂风暴雨般的水帘直扑而来。“我记得许多事呢，”他对刈草机说，“你赶不走记忆。”有一天夜里，他跟一个叫托尼的男伴，两个姑娘，带着一瓶苏格兰威士忌在湖里全速开了八英里——连打雷声你也不会听见——驶到旅游船埠头，那儿挂着一个偌大的钟面，钟面上有一块牌子，上面写道：“下次至峡谷旅行定于……”他们是来偷大钟面的。钟面上闪烁着时间，还附有一只跑鹿装饰品，挂在卧室里，该有多气派。托尼掌舵，法拉格特被指定当小偷。他纵身跳过船舷，着手把钟面扒下来，但钟面钉在埠头上，钉得很牢。托尼从工具箱里找出

1 甘多夫堡是教皇夏季避暑的地方，位于罗马东南阿尔巴诺湖畔。

了一把扳手，递给法拉格特，法拉格特用扳手砸钟面的支柱，响声惊动了看守的老人，法拉格特拿着钟面跳上加华德牌赛艇时，老头一跛一跛地拐过来。“啊，站住，”老头用苍老的声调喊道，“站住，站住，站住。干吗要偷这个？干吗把什么都糟蹋掉？干吗你要跟个孤老头子过不去呢？有什么好处，有什么好处呢？除了让人失望、让人生气、让人花钱，你们还干什么呢？站住，站住，站住。只要送回来，我什么也不说。站住，站住……”逃走时，马达的轰隆声盖过了老头苍老的嗓音，但是，那一夜，也许一辈子，法拉格特却一直听见这苍老的嗓音，压过了苏格兰威士忌，压过了那姑娘。他曾对他雇用的三位精神病医师描述过这次事件。“您瞧，加斯波顿医生，当我听着老人喊‘站住，站住’，我一生中第一次懂得了我父亲。我听着老人喊‘站住，站住’，我听见了我父亲的声音，我懂得了当我穿上他的燕尾服，去参加介绍少女进入社交界的舞会，并在舞会上大出风头时，他有什么样的感受。那夜一个陌生老人苍凉的声音使我父亲的形象在我一生中第一次清晰地呈现在我的面前。”他对刈草机唠唠叨叨说了这一切。

这真是该死的一天。雾很浓，大约二百码外就不易看清了。能趁机越狱吗？他想这不可能。越狱的想法使他想起乔迪。自从他和乔迪充满激情地吻别之后，这轻快的记忆一直留在他的心头。监狱当局，也许主教管区，施计巧妙地遮掩了乔迪的越狱，在关于越狱的材料中并没有他的名字。监狱教士助手狄马替奥那小子给法拉格特瞧了许多东西。一个黑魆魆的夜晚，法拉格特从茅厕“河谷”出来在地道遇见了狄马替奥。那时乔迪才越狱六个星期。狄马替奥给他瞧一张从外面邮寄来的报纸，上面有一幅乔迪的照片。乔迪在新婚典礼上——十分英俊，充溢着成功的喜悦。他的令人惊讶的英气从一张小镇报纸的字里行间流泻出来。他的新娘是一位娴静、美丽、年轻的东方美人，照片的说明写道，H. 凯斯·摩根与其雇主栈道缆索厂厂长林邹来之幼女萨莉·邹来在当天结婚。没有提供更多的信息，法拉格特也不想知道更多。他咯咯咯地大声笑起来，但是狄马替奥却没笑，他生气地说：“他答应等我的。我救了他的命，他答应等我的。他爱我——哦，上帝，他多爱我哟。他送了我一只金十字架。”狄马替奥从他胸口的卷毛中拉出十字架，让法拉格特瞧。法拉格特对于这个十字架是很熟稔的——上面可能还有他的牙齿印呢——他对于朋友的记忆是生动的，但却没有一丝悲哀的印痕。“他一定是为了钱才跟她结婚的，”狄马替奥说，“她一定很富有。他答应等我的。”

法拉格特在草地上刈草，完全按照计划进行。他沿草地的边大约转上半圈，然后改变方向再刈上半圈，这样，刈下的草不会堆积在一起，干掉变颜色。他听说过，也许在什么地方读到过，割下的草能使草地肥沃，虽然他注意到死草都非常被动地静静地躺在那儿。他光着脚丫，因为赤脚站在草地上稳靠得多，而穿着监狱发的靴子老打滑。他将靴子鞋绳打上结，挂在脖子上，这样靴子不会被偷走，也不会卡在手表带上。刈草悔罪的几何图形使他满心愉悦。一面刈草，一面熟识着大地的地形。熟识大地的地形——正像人们在滑雪时那样——就是熟识街区的地形，县的、州的、大陆的、星球的地形，而熟识星球的地形就是像他的老父亲那样驾着独桅艇、放着纸鸢去熟识风的性质一样。在这里有一种一体感，一种满足。

他刈完大草坪，将刈草机推回库房。"'围墙'监狱造反啦，"杀人狂身子弓在机器上，讥讽地说，"收音机上说的。犯人逮了二十八个人质，就这么点情况。把垫子烧了，脑袋瓜子磕破了。就是这么个情况。"

法拉格特小跑到牢房。那时刻，牢房笼罩在一种令人愉悦的寂静之中。小不点儿正在瞧电视转播的一场球赛。法拉格特脱去衣服，用一块破布片浸着凉水擦拭身子上的汗水。"现在，"电视播音员说道，"让我们瞧瞧奖品。首先，我们将奉送纯银八件头汤姆斯·杰斐逊咖啡具。"广告一闪，当法拉格特正在穿裤子时，另一位播音员——一个面容粗俗、一头金发的年轻人——庄严地说："纽约州北部阿芒那监狱，即大家所熟悉的'围墙'监狱，发生骚乱，犯人扣留了二十八至三十名监狱官员作为人质，声言如果他们的要求得不到满足的话，他们将割断官员们的喉咙。监狱督办约翰·库珀——对不起——康复院督办库珀已经同意在一个中立地带与犯人会面，他现正等待州行为纠正司司长弗莱德·D. 埃米逊的到达。请继续关注本频道，我们将随时报道进一步消息。”电视镜头一转，又回到颁发奖品的广告上。

法拉格特瞧了一眼小不点儿。他的脸煞白。法拉格特仔细审视了一遍牢房。网球迷、酒刺包、石头块在牢房里。石头块刚拔掉助听器插头，这就是说犯人中至少有三个知道这一消息。赎身钱和小鸡二世走进来，给他递了个眼色。他们也知道了。法拉格特在心中琢磨可能会发生什么。任何种类的聚会都会遭到禁止，他思忖，同时，监狱当局一定也会避免施行一切带有挑衅性的纪律约束。吃饭将是第一遭可能聚会的机会，吃饭铃一响，小不点儿打开牢狱门，大伙儿跑到走廊上来。“你看见电视报道了吗？”不小点儿问法拉格特。“你是说纯银八件头汤姆斯·杰斐逊咖啡具吗？”法拉格特问。小不点儿气得直冒汗。法拉格特太过分了。他是轻量级，他打过那个级别的拳击。小不点儿真想一拳揍上去，但有点儿怯，让法拉格特走着去吃饭了。吃饭时一切都按规矩进行，法拉格特瞧每一张脸，审视一下他们知道这消息了没有。他琢磨大约有百分之二十光景的犯人知道这消息了。他想，在餐厅空气中浮动的那种令人激动的气氛是难以估量的，爆发了好几次歇斯底里狂欢的场面。有个犯人哈哈大笑起来而不可停止。狂笑是抽搐性的。监狱当局非常慷慨，给他们吃面酱肉和半罐梨。“所有犯人饭后速回牢区等待进一步通知。所有犯人饭后速回牢区等待进一步通知。”他敢打赌。未来十分钟是决定性的，就法拉格特所知，十分钟之后大伙儿一回班房，就会全知道。哐啷。

每个犯人都有收音机。回到班房，小鸡儿开上舞曲，很响，躺在床铺上，一味地微笑。“关上，小鸡儿。”法拉格特喊道，以为要是不开收音机，监狱当局就不会注意到收音机的存在。其实那真是冒傻气，因为谁都明白这一点。十分钟之后又广播了。“所有收音机必须立即交给牢区官员免费检修。所有收音机必须立即交给牢区官员免费检修。”小不点儿到牢区来收无线电。一片诅咒声、骂声，绿帽子将收音机从铁栏杆里扔出去，摔在地上。“酒刺包，你今天觉得好受吗？”法拉格特问道，“你今天觉得好受，所以你觉得今天是个好日子吗？”“不，”酒刺包说，“我从来不喜欢这潮天气。”他显然还蒙在鼓里。电话铃响了。有人打电话给法拉格特。上司要他去刻两张蜡纸。马夏克在监狱办公室等他。

地道里没一个人影。法拉格特从来没有见过它如此空寂。犯人也许全锁在班房里了，他探听着“围墙”监狱骚乱之后必然要发生的叛逆的声息。他想，他听到了遥远处的喊声和尖叫，但停步凝神细听，终于明白，这无非是监狱墙外汽车的喧器。不时传来一阵阵细微的鸣笛声，但在外面的世界里人们老是在鸣笛、吹喇叭。正走近办公室时，他听见无线电中传来的广播。“犯人们要求严禁肉体的和行政的惩罚，实行大赦。”他听见播音员说。广播突然卡掉。他们也许听见他的脚步声，也许估计该是他来的时候了。四个狱官坐在办公室里一台收音机周围。桌上摆着两夸脱威士忌。他们甩给他的眼神是茫然而充满恶意的。马夏克——一双小眼睛，剃得光溜溜的大秃瓢——递给他两张纸。法拉格特穿过大厅，到他的工作间，砰地关上装着铁丝网的玻璃门。一关上门，他又听见无线电的广播。“现已调集足够兵力重新夺回监狱。当局正在考虑以二十八个无辜生命换取近两千名犯人的大赦是否值得。今天上午……”法拉格特抬起头，瞧见印在玻璃门上的马夏克的幽影。他砰的一声拉开办公桌抽屉，撕下一张复写纸，使劲让纸发出窸窸窣窣的声音，塞进打字机里。他瞧着马夏克的影子从玻璃门上渐渐隐退开去，弓下身子，透过钥匙孔瞅，直到马夏克的背影消失为止。法拉格特使劲抖搂一下纸，读上面写的是什么玩意儿，铅笔字字迹潦草，好像是小孩子涂写的。“在今后一切集会上，所有人员必须有足够强大的戒备力量，如果没有足够强大的戒备力量便不举行集会。”这是第一张纸上写的。第二张纸上写道：“露易莎·皮尔斯·斯宾根，旨在纪念其爱子彼得，将为愿在装饰圣诞树旁拍彩照的犯人服务，并将此彩照……”马夏克打开门伫立在那儿，一副刽子手操生杀予夺之权者的神气。

“这是怎么回事，中士？”法拉格特问道，“这怎么跟圣诞树扯在一块儿？”

“我不知道，我不知道，”马夏克说，“她是个该死的行善的吧，我想。她们净找麻烦。效率最重要啦，没效率等于放屁。”

“我知道，”法拉格特说，“可这跟圣诞树有什么关系？”

“对事情的来龙去脉，我并不清楚，”马夏克说，“这娘儿们，斯宾根，有个儿子，死在牢里了，我想。不是在美国，而是在个什么别的国度，印度啦，或者日本。也许在哪一次战争中，我不知道。所以，她老念叨监狱，去行为纠正司找了个笨蛋，她说她出钱，这样，你们这帮混蛋才能站在圣诞树旁拍彩照，然后邮寄给你们的家属，我真纳闷儿你们有没有家属。净是瞎花钱。”

“她什么时候安排这一切的？”

“哦，不知道。早啦。也许好几年前。有人下午才想起这事儿。这只是想让你们这帮混蛋有事儿干。下一招就是穿针线比赛，颁发现金奖。哪个小子拉屎块儿大，得现金奖。什么都能得现金奖，就是让你们有事儿干，别闲着。”

马夏克坐在书桌边沿上。法拉格特纳闷儿，为什么他要剃个大秃瓢呢？长虱子了吗？在法拉格特的心目中，大秃瓢总是跟普鲁士人联系在一起，跟残暴、刽子手联系在一起。就凭他的光头，法拉格特猜想，要是马夏克站在“围墙”监狱的防御工事旁，他可以不动声色、毫不眨眼地一口气枪杀百来个人。法拉格特想，大秃瓢总是跟我们在一起。他们可以极其容易地被辨认出来，但要改变他们却是不可能的。一刹那间，法拉格特想起阶级结构和愚昧的家长制来。阶级结构和家长制可以利用这种大秃瓢。马夏克蠢极了，愚蠢是他最大的好处，他的天职。他是非常有用的。对润滑机器和焊接铠装电缆，他是不可缺少的，在边境的冲突中，要是有个奸刁的人下命令进攻，他会成为一个很勇敢、很凶残的雇佣兵。在这种人身上有一种普遍的美德——给你根火柴点烟啦，在电影院给你占个座位啦——但是他智力的低下却并不是一种普遍现象。马夏克也许会响应爱情王国的召唤，但是他学不会几何，也别想让他学会。法拉格特把他归入杀人狂这一类人中。

“我四点钟下班，”马夏克说，“我一辈子还从来没这么急着想下班过。我四点钟下班，回家喝他一瓶南方康姆福酒，要乐意，再干一瓶，要是还忘不了刚才几个小时在这儿瞅见的、感受到的事儿，我就再喝上一瓶。我要下星期一四点钟才上班，这一阵子我要喝得醉醉的。好久以前，发明了原子弹，人们总担心它有一天会走火，把人类全杀了，可他们哪里知道人类本身就有足够的劲儿把这该死的地球撕个粉碎。我，我知道。”

“你为什么要干你这行？”

“我也不知道我为什么干这一行，是我伯父叫我干的。他是我爸的哥。他说什么我爸都信，他说我该在监牢里找个平平和和的差使，二十年后退休拿一半工资，然后四十岁上开始新生活，进账又靠得住。什么都能干，开个停车场，种柑橘，或者开家汽车旅馆。他只是不知道，在这号地方干活，紧张极了，紧张得你连吮嘬救生员牌棒棒糖的劲儿都没了。中午饭我全倒了，我们好不容易有顿好菜——鹰嘴豆和鸡翅膀——我把它们全扔在地板上了。我什么也不想吃。还有二十分钟，我就可以走到我车跟前，开着回哈德逊街327号的家啦，从柜子顶上取下我的南方康姆福酒瓶，到厨房拿个酒杯，齐啦，把什么全忘得一干二净。告示打完了，放在我办公室，就是养花草的那间办公室。门开着，托勒多会来拿的。”

他关上玻璃门。收音机没声了。法拉格特打起字来：“露易莎·皮尔斯·斯宾根，旨在纪念其爱子彼得，将为愿在装饰圣诞树旁拍彩照的犯人服务，并将此彩照免费邮寄给犯人的至亲。拍照时间定于八月二十七日九时，按报名先后为序。拍照者允许穿白衬衣。除手绢外，其他物品一律不准携带。”

法拉格特熄掉灯，关上门，穿过地道来到敞着门的马夏克的办公室。这房间有三扇窗户，正如马夏克说的，种着各种花卉。窗外钉着直栏杆，马夏克在窗内横上铁条，许多花草垂挂在上面。一共有二三十种吊垂花草。法拉格特想，花草是极端孤独的人的最亲爱的朋友——那些燃烧着爱、理想、乡情的男人和女人给花草浇水。他们种植花草，他想他们还会跟它们聊天，因为他们跟什么都聊天——门啦，桌子啦，从烟囱里飘出来的炊烟啦。这些花草他只认识很少的一些。他知道蕨类，蕨类和老鹳草。他摘下老鹳草的叶片，用手指折断，闻它渗出的油脂味儿。老鹳草的馨香——住人的，但空气不流通的房间所散发出的那种闷闷的、非常纷杂的香味。花草的叶片形状纷呈，有的像红甘蓝的颜色，有的深棕色，有的黄色——并不是秋日那种燃烧的鹅黄色，而是那种死亡的灰黄色，紧紧地贴在植物的本色之上。他非常愉悦而惊愕地发现，由于愚蠢而囿于一个非常窄小环境的杀人犯，竟然有雅兴改变他办公室单调而缺乏生气的气氛，他跟活着的、生长着的、死亡的花草一起工作，这些花草的生命就指望着他的照料和仁慈，它们至少发散出湿润的泥土的清香，而它们的翠绿和生命本身就代表着充满着乳液和蜜汁的山谷和草原。所有这些花草都吊垂在铜丝上。法拉格特年轻的时候鼓捣过收音机。他记得装一台收音机首先得弄上百来尺铜丝。

法拉格特从窗帘吊杆上先摘下一株盘绕的植物，然后顺着铜丝往前找。马夏克在花盆上钻了个洞，铜丝从洞中穿过去，马夏克使用铜丝这么“大方”，法拉格特几乎花了一个多小时才弄齐他所需要的铜丝。他听见橐橐的脚步声。看着一地的花盆，他有点惊呆了，但来人是托勒多。法拉格特把复写蜡纸递给他，狠狠地、询问式地盯了他一眼。“得，得，”托勒多说，他没轻声细语，而是用一种非常平淡的语调说，“犯人逮了二十八个人质。那至少有二千八百磅肉，得叫每块肉都吃点儿苦头。”托勒多走了。

法拉格特回到他工作室的桌旁，卸下打字机上最少使用的键，在旧大理石围墙上磨光，他一边磨一边想起冰河时代，想起冰河期对大理石变硬所做的贡献。把键磨出了刃，他回到马夏克办公室，从十八棵花草上割下铜丝。他把铜丝塞在衬裤里，熄掉灯，穿过地道往回班房的路上走。铜丝揣在短裤衩里，他走起路来显得非常笨拙，要是有人问他干吗这么歪歪扭扭地走路。他就说这见鬼的潮天气，犯上关节炎啦。

“734—508—32 号向您报到。”他对小不点儿说。

“有什么新闻？”

“从明天上午九点开始，哪个小子想站在圣诞树旁拍一张彩照，都可以去。”

“别胡说了。”

“我没瞎说，”法拉格特说，“明天早晨你就可以拿到通知。”

裤衩里揣着铜丝，法拉格特一屁股坐到床铺上。只要小不点儿一转身，他就把铜丝塞到垫子底下去。他将手纸从轴儿上拉开，将纸折成整整齐齐的方块，放在笛卡尔的书里。他小时候装收音机，就在燕麦片盒上绕线圈。他想，那和在手纸轴儿上绕线圈一个样。床垫上的弹簧可以当天线，地皮就是一个辐射器，酒刺包的钻石可权作二极管晶体，石头块有一副耳机。只要这一切安装好，他就可以不断收听到关于“围墙”监狱的消息。法拉格特非常激动不安，但又显得异常镇静。广播里这时传来通知，几乎要叫他跳起来。“十分钟之后，F 牢区将开始生殖器检查。十分钟之后，F 牢区将开始生殖器检查。”

对于有日历癖的怪人来说，总是在每月第一个星期四检查生殖器。而对于其他人，则随时通知随时检查。法拉格特琢磨，生殖器检查跟圣诞树照相是一回事儿，目的就是让大伙儿别太激动。他们赤身裸体，被随意摆弄，这种强迫你脱光身子的权威本身的影响，是难以估量的。一个什么江湖医生和医务所的一个护士来做性病检查，主要检查生殖器是否化脓。一广播完，就有人打呼哨，叫喊，起哄，但人不多。法拉格特背对着小不点儿，脱下裤子，叠得整整齐齐的，压在垫子下面保持裤线。他也设法将铜丝藏了起来。

医生进了牢房，只见他穿一套西装，戴一顶皮帽，瞧上去颓唐、疲惫，而又有点惊怵。护士是一个非常丑陋的男人，名叫伏洛尼卡。许多年以前，他一定长得十分俊美，因为在黝黯黝黯的光线下面，他显现出年轻人的气质和优雅的体态，但只要光线一亮，他就成了一个脓包。那种使他脸庞起皱、面容生厌的热情似乎还在燃烧。他们俩在小不点儿的桌前坐下，小不点儿给他们犯人的病历，打开班房门。法拉格特一丝不挂，能闻到自己的味儿，也能闻到网球迷、酒刺包和绿帽子的味儿。自星期日以来他们还没洗过澡，身上一股臭味，就像肉店里变质的碎肉味儿。酒刺包先检查。“挤一下。”医生说。医生的声音紧绷绷的，很生气的样子。“扯上表皮，挤。挤嘛，听见没有？”医生的一套西装是便宜货，上面沾着污迹，领带跟马甲也不过那么回事，甚至他的一副眼镜也是污秽不堪。他戴一顶皮帽是为了强调一下他拥有的裁缝制品统治的权威。他，世间的法官，加冕戴上一顶帽子，而这些忏悔者却只能赤身裸体，因为罪愆、生殖器、虚夸和记忆都表明他们是一群自惭形秽的人。“咧嘴，”医生说，“大一点。再大一点。下一个——73482。”

“是 73483 号。”小不点儿说。

“简直认不清你的笔迹，”医生说，“73483。”

73483 号是网球迷。网球迷是一个日光浴的爱好者，屁股却雪白。对于一个运动员来说，他的手臂和大腿瘦得可怜。网球迷有淋病。牢房里静极了。连在最阴暗的“河谷”里都有的幽默感，在这场典礼中却不复再有了。法拉格特在饭厅所见的那种抽搐般的狂笑，也不复再有了。

“在什么地方染上的？”医生问，“他叫什么名字？多少号？”他手中拿着一个有病的犯人的病历，看上去似乎得来的非常有理由，因而他心安理得，显得十分轻松。他挑起一个手指，非常优雅、雍容华贵地推一下眼镜，然后张开手指在眉毛上抹一下。

“我也不知道，”网球迷说，“我不记得这号事了。”

“在什么地方染上的？”医生问，“你还是跟我直说好。”

“嗯，也许是看棒球赛时，”网球迷说，“我琢磨可能是看球赛的时候。我正在瞧球赛时，有人在屁股后干了我。我也不知道是谁。我是说，要是我知道是谁，我非宰了他不可，我只留神球赛，压根儿没注意。我可爱看棒球赛啦。”

“你洗澡时没跟谁干过吗？”医生问。

“嗯，即使有那回事，也是偶然的，”网球迷说，“完完全全是偶然的。我们一个星期才洗一次澡，对于一个网球冠军，一个一天冲三四次澡的人，一个星期才洗一次，真叫人郁闷呢。这样你就老是晕头晕脑的，你也不明白到底怎么回事。哦，要是我知道，先生，我会告诉你的。要是我知道怎么回事儿，我会揍他一顿的，非宰了他不可。我就是这么个人，我很容易来气的。”

“他偷了我的《圣经》，”小鸡儿尖叫起来，“他偷了我软皮面的《圣经》，瞧，瞧，这婊子养的偷我的《圣经》。”

小鸡儿正指着绿帽子。绿帽子站着，两条大腿交叉在一起。令人可笑地模仿起女性的羞涩来。“我真不明白他在喊什么，”他说，“我压根儿没偷他任何东西。”他张开手臂，表明他空无一物。小鸡儿推了他一下，《圣经》从他大腿间滑落出来，掉在地上。小鸡儿一把抓起《圣经》。“我的《圣经》，我的《圣经》，是我堂哥寄给我的，这是我三年中第一次找到的我家的人。你偷我的《圣经》，你这么下贱，我都不屑向你吐一口唾沫，呸。”他朝绿帽子吐了口唾沫，“我从来没听说过，连想也不敢想，在牢房里居然有人这么下贱，偷别人亲爱的堂哥寄来的《圣经》。”

“我才不想要你他妈的《圣经》呢，你自个儿明白。”绿帽子吼起来。他的音量比小鸡儿大得多，从一个较低的音域上提高嗓门号叫开来。“你从不瞧《圣经》，书积了足足一寸厚的尘土。这么些年，我老听你一个劲儿说在世上就盼有一本《圣经》。这么些年，可又听你一个劲儿骂堂哥亨利，就因为寄了一本《圣经》给你。你老是聊《圣经》啦，表哥啦，这儿哪个不腻味你？我只要软皮封面嘛，做一根表带。我又不撕书，只拿皮面，还你书。要是你想读《圣经》，不再埋怨说怎么送来一本《圣经》而没送来一罐鲜汤，我还给你，你照样可以读嘛。”

“书上有骚味。”小鸡儿喃喃地说。他正拿着书凑在鼻子前嗅，发出很响的吸鼻声。“他把我的《圣经》塞在下身里，骚死了。《圣经》上一股他的骚臭味儿，《创世记》《出埃及记》《利未记》《申命记》都有骚味。”

“住嘴，闭上嘴吧，”小不点儿说，“你们哪个再唠叨一句，关一天禁闭。”

“但……”小鸡儿说。

“关一天禁闭。”小不点儿说。

“虚伪的教徒。”绿帽子说。

“关两天。”小不点儿疲顿地说。

像有些人脱帽放在胸口向行进的国旗致敬一样，小鸡儿将《圣经》啪的一声合在心口上。在晚秋下午的光芒中，他抬起了头。网球迷在哭泣。“不瞒你说，我真的不记得了。要是我记得，我就告诉你。要是我知道是谁，我非宰了他不可。”

等了好长时间医生才打发掉网球迷，开了一张药方。然后，一个个犯人按花名册次序上前来亮一亮相，检查一番。法拉格特感到饥饿，瞅了一下表，已经很晚了。开饭时间已经过了整整一个小时。小不点儿和医生正在为花名册上的什么问题争个不休。绿帽子一把拿了《圣经》之后，小不点儿锁上了牢门，他们只得赤身裸体地站在那儿，等着被放回自己的班房，穿上衣服。

监狱里薄暮向晚的光使法拉格特想起一个冬天的下午滑雪走过的一片树林。铁栏杆分割的一条条斜光，犹如森林里树木缝隙间透下来的阳光，这地方的宏博和神秘性与森林的宏博一个样，那是骑士与独角兽的王国，在那儿，似乎会有先知简明的神示，然而却什么也没有，只留下一片空漠的宏博。这斜射的断续的光芒，其间飞舞着尘埃，也仿佛是教堂里忧郁神伤的光，在这光中，一位失去亲人的妇女正伫立着掩面哭泣。但是，在他亲爱的白雪皑皑的森林的氛围之中却有一种永恒的新鲜。而在这里，除了老法拉格特野兽般的公羊骚味和被欺骗的恼怒之外，却一无所有。他们受骗了，他们自己欺骗了自己。从“围墙”监狱传来的消息——大部分犯人全知道了——给他们以奋斗、改变一切的动力，然而，关于淋病、《圣经》、表带的种种争吵却把这一切冲淡了。

法拉格特感到性无能。没有姑娘、臀部、嘴能让他振奋起来，对于这种亵渎的中止，他并不感到特别的感激。那大汗淋漓的一天的最后的光是苍白的，这种苍白的余晖你可以在有着托斯卡纳绘画的窗扉中瞥见，一种行将消逝的最后的余光，将视神经的审察力调拨到极点。他们赤身裸体，极端的丑陋，散发着恶臭，被一个穿一件邋遢西装、戴一顶污秽不堪帽子的小丑任意污辱。在法拉格特看来，在这极强的光芒之中，他们看上去似乎实在太像是罪犯了。他们早年生活中的蛮横行为，如饥饿、焦渴与斗殴，都无法说明他们日后的残暴，日后自暴自弃的偷窃行为和日后消耗性的、颠倒的吸毒行为。他们是一群无法赎罪的人，虽然忏悔只是一种笨拙的、残酷的办法，但却是衡量他们神秘的垮掉的一种尺度。在苍白的光中，在法拉格特看来，他们是一群垮掉的人。

他们穿上衣服。天黑了。小鸡儿开始号叫："吃饭，吃饭，吃饭。"大多数犯人跟着一块儿起哄。"今儿个没饭，"小不点儿说，"厨房关门大修。""一日三餐是宪法给我们的权利，"小鸡儿吼道，"我们将会收到人身保护令[1]。将会收到二十条人身保护令……"然后他开始高声大喊，"电视，电视，电视。"几乎所有的人都跟着喊起来。"电视机坏了。"小不点儿说。这一胡说，唱喊声更加起劲了，法拉格特因为饥饿和经受的这一切而感到疲惫不堪，他发现自己难以自制地陷进一种麻木不仁之中，这是他回避现实最糟糕的一种处境。他耸起肩，低着头，似乎在沉下去。沉下去，陷进了一种卑俗的、腐朽的空虚之中。他呼吸，可除此之外，他似乎什么也不干。嘶喊声使他反而陷入更深的麻木之中，耳边的鼓噪在他听来仿佛是灾难性毒品的祝福，他看见他的脑细胞像蜂巢一样被一种外来的溶剂摧毁着。小鸡儿将床垫点上了火，使劲儿将小火星吹旺，让人给他递纸，别让火熄灭。法拉格特几乎没听见他的喊声。犯人们递上手纸、藏着的告示纸和家信。小鸡儿吹火苗使的劲儿太

1 要求把拘留或监禁的人及时送交法院处理的法令。

大，把牙齿——上牙跟下牙全吹掉了。他将牙齿安放回原处，然后开始高声嘶喊——法拉格特几乎没有听见——“将垫子全点上火，把这该死的地儿烧光吧，把火烧旺，呛死他们，让火苗蹿上屋顶，烧着他们，瞧着他们烧着，让他们哭吧。”法拉格特听着这喊声，仿佛从十分遥远的地方飘来，但是他十分清晰地听见小不点儿拿起电话筒，说：“火警。”然后小不点儿喊将起来：“哼，你他妈的问我没火警说有火警是什么意思？得，听着——这帮犯人全在瞎嚷嚷，点火烧着了垫子，难道我的牢区不跟牢区C和B一样危险吗？我这儿没百万富翁，没州长犯人，并不等于说我的牢区就不危险。这帮小子全发疯了，这儿简直成了一个炸药包。我告诉你，犯人在烧垫子。得，别说那套话，什么在办公室正喝威士忌却飞来个火警。哼，你吓着了吧？我也怕，我是个人，我也想喝上一盅儿。嗯，是，那就赶快吧。”

“F牢区火警，F牢区火警。”这已经是十分钟以后的事了。门一推开，他们冲了进来，一共十八个人，戴着面具，穿着黄色的防水服，手中拿着棍子，背上背着氧气罐。两人从架子上卸下软管，直对着牢区。他们走起路来十分笨重，也许是防水服的缘故，也许是喝醉了。奇泽姆除下防毒面具，拿起手提式电子扩音器。他喝得醉醺醺的，一副胆战心惊的样子。他的脸形变了，像流水中映出来的似的。眉毛是一个人的，嘴巴却是另一个人的，而那细细的苦涩的声音却好像发自第三个人。

“全体犯人肃立，站在班房门口，要不就请尝尝喷水的滋味，这水柱跟钉子棍儿没什么两样，像石头，像铁棍。把火灭了，小鸡儿，请记住，你们顶个屁用。这儿由州里派来的武装部队守卫。你们在哪儿点上火，我们就在哪儿把它灭了。你们顶个屁用。把你垫子上的火灭了，小鸡儿，躺下睡吧。把他们的灯关了，小不点儿。祝你们做个好梦。”

他们走了，门关上，很暗。小鸡儿在抽噎、哭泣。“别睡，谁也别睡，别闭上眼睛。一闭上眼，他们会宰了你。睡着了，他们会来宰你的。谁也别睡。”

在这可祝福的黑暗之中，法拉格特取出铜丝，手纸卷轴儿，开始装收音机。铜丝瞧上去别提有多美了，这细细的、干干净净的、金色的铜丝可以跟外面活生生的世界联系起来，他似乎从铜丝上业已不时地听到人们相互倾轧，相互撕裂头颅的呐喊。呐喊声不时地向他袭来，但是跟用纸和铜丝把两个世界拴在一起的联系、链环和闪耀的光辉相比，这呐喊声不过是一种意象罢了，他竭力驱散掉它。驱散掉这种意象之后，他像一个得到满足的情人，唏嘘一声，喃喃道：“赞美您，啊，上帝。”小鸡儿仍然在啜泣：“别睡，谁也别睡，别睡啊。”法拉格特死沉沉地睡着了。

法拉格特醒来，瞅一眼暗淡的晨光和阴暗的天空，知道天气还没变化。也许会下场暴雨，刮阵西北风，也许会下场连绵十个小时的霏霏细雨，阴霾要很长时间才会散开。站在窗前，他看得出来奇泽姆吹了牛皮。监狱围墙周围并没有士兵。要是驻有部队，他会听见士兵的嘈杂声和活动的声响。但是这一切全没有，他感到失望。也许是因为部队不够用。空气中悲哀的氛围让人感到郁闷，而他嗅到的似乎更加令人悲哀。酒刺包和网球迷也是这种感觉。他打字复印的告示纸塞在铁栏杆缝隙间。露易莎·皮尔斯·斯宾根，旨在纪念其爱子彼得……开饭的铃声在七点时响了。戈德法勃在牢房值班。“排成一队，”他大声嚷道，“排成一队，每人相隔十步。排一队。”犯人在门口排上队，门一开，戈德法勃让每人隔十步排成队，可石头块怎么也不干，他把助听器落在班房里了，任你说什么，他也听不见。戈德法勃对他直嚷嚷，吼着，号着，在空中挥舞双手，可石头块只对他微笑，紧紧地跟在赎身钱屁股后面。他不愿给落下，落下一分钟也不行。戈德法勃只得让他走。在去餐厅的地道里，法拉格特瞧见他打的告诫条示。在今后一切集会上，所有人员必须有足够强大的戒备力量。在地道里，每隔一段距离站着一个卫兵，穿防水服，拿着棍子，背着氧气筒。在法拉格特看来，有几张脸比犯人还憔悴。在餐厅，录音机在播放预先录制好的告示：“按队形原地站着吃饭。按队形原地站着吃饭。不准聊天……”早餐喝茶，昨晚剩的破烂肉菜和一只煮鸡蛋。“没咖啡，”帮厨的士兵说，“他们什么也没有。昨晚送货的小子透露风声说，那帮犯人至今还扣着那二十八个人质呢。他们要求大赦。传下去，我花了十二个小时挖他妈的这新闻。我腿脚还能动，但身上其他部分都不行啦。”法拉格特狼吞虎咽地吃下了肉和鸡蛋，将餐盘和汤匙往脏水里一扔，跟邻室的犯人一块儿走回牢房。当啷。“出纳员对现金出纳机说什么来着？”酒刺包问。

“我不知道。”

“我指望着你呢，出纳员对现金出纳机这么说。”

法拉格特往床铺上一扑，仿佛他成了另一个人，那个人正经受着胃痉挛、性苦闷和监禁的煎熬。他用手指死劲往头皮里抠，把大腿和胸口抓得稀巴烂，呻吟着对酒刺包喃喃说道：“‘围墙’监狱暴乱啦。那帮小子扣了二十八个人质。二十八只卵意味着自由和大赦啊。”他号叫着，将脸埋在枕头里，他可以感觉到装收音机的散件是安全的，他想，因为狱卒已经被吓了个半死，人数减了一半，根据伤病员集合号，他打赌不会有违禁品搜查。

“你是一部伟大的现金出纳机，”酒刺包清晰地说道，“为什么葡萄干瞧上去这么忧郁？”

“因为他是一棵干枯的葡萄藤蔓[1]？”法拉格特问。

---

1 美国下层社会用语，意指性无能。

“不。因为他是一颗充满忧虑的葡萄。”酒刺包说。

“别说话。”戈德法勃说。

法拉格特已记不清他磨尖了打字机键、割了铜丝之后，打字机键放到哪儿去了。要是被发现，归入剃刀之类，又按指纹找到他头上，他非得再蹲三年班房不可。他再次竭力回忆他在马夏克办公室干过的事儿：他数了一下花卉，听托勒多讲了关于多少磅人肉的话，回到他自己的办公室，磨打字机键。他割断了铜丝，塞在裤衩里，但是在匆忙、焦虑之际他忘了把打字机键放在哪儿了。他熄了灯，一颠一颠走过地道，还自言自语辩解说是因为潮天气患上了关节炎。花草跟铜丝他倒不怎么担心——但打字机键却是可以让他受到控告的。打字机键在哪里？在花盆旁、插进土里还是落在马夏克办公桌上了？打字机键，打字机键！他记不清了。他只记得，马夏克说他要星期一四点才上班，但是，今天到底是星期几呢？性病检查是昨天，还是前天，还是大前天？那天绿帽子偷了小鸡儿的《圣经》，他不清楚。小不点儿来接戈德法勃的班，宣读了一张告示，上面写了日期，法拉格特终于得知是星期六。打字机键往后再操心吧。

小不点儿宣布所有想照相的犯人必须在拍照前剃胡须、衣着整洁。牢区所有犯人都报了名，甚至石头块也没落下。法拉格特看得出来这一招确实厉害。爆炸性的不安局势缓和下来了。他想即使快上电椅的死囚也乐意刮一刮胡子。犯人们安静地，甚至快乐地刮胡须，洗胳肢窝，穿上衣服，等着轮到自个儿。

“我想跟石头块打牌，”赎身钱说，“我想跟石头块打牌。”

“他不会打牌。”小不点儿说。

“他想打牌，”赎身钱说，“瞧他。”正像他干任何事之前一样，石头块微微一笑，点点头。小不点儿打开门让赎身钱出来，赎身钱拿一把椅子到过道上，跟石头块面对面坐着打牌。“你抽一张，我抽一张。”他说。

这时，小鸡儿弹奏起吉他，吟唱起来：

二十八只瓶，
垂吊在墙上，
掉一个，
二十七，
垂吊在墙上，
再掉下一个——

小不点儿吹起哨子。“你小子想招惹奇泽姆带着那帮要命的水管防爆队来吗？”

“不，不，不，”小鸡儿说，“我不要，我不想要那帮小子。

要是我选上申冤委员会——管它叫什么名儿——头一把火，我要点的就是探监室。有人跟我说，咱这儿的探监室比‘围墙’那儿的要好得多，即使是这么回事，我也不乐意隔着个柜台跟我的娘儿们见面，好像我卖什么东西给她似的。要是有个年轻的娘儿们来见我——”

“你在这儿蹲了十二年啦，”小不点儿说，“从来没人来瞧过你。十二年，一次也没有。”

“也许你休假的时候，有人来瞧我啦，”小鸡儿说，“也许你做疝气手术时，有人来看我了。你整六个星期没上班呢。”

“那是十年前的事了。”

“哼，听着，要是有个年轻娘儿们来看我，我可不愿意隔着个柜台听她聊甜言蜜语什么的。我乐意跟她坐在一张桌边，上面摆着放烟屁股的烟灰缸，也许我还能请她喝点儿甜饮料。”

“我们有饮料机。”

“但是要坐在一张桌边，小不点儿，在桌边。隔着柜台，怎么会有那种亲热劲儿呢？要是我能跟我的娘儿们坐在一张桌边聊聊，得，我就知足啦，我不想伤害任何人，闯任何祸。”

“十二年啦，谁来瞧过你老兄？大街上有谁知道你的大名？你自己的妈也不知道你叫什么。什么姐妹啦，兄弟啦，姨啦，叔啦，朋友啦，娘儿们啦——谁跟你一块儿坐到桌边去呀？你还不如死人。你拉屎，死人还不拉屎呢。”

小鸡儿开始哭泣，或者像在哭泣；开始流泪，或者像在流泪。人们终于听到一个成年人的啜泣声，一个一把年纪的老人，躺在烧焦的床垫上，一生保存的文身图案已褪色得像落满尘埃的花窗格子。胯下的阴毛稀疏而灰白，肉松弛地垂挂在骨骼上，他对于人生唯一的侵犯就是一把不名一文的吉他和说“我不知道这是什么地方，先生，我去瞧瞧，先生”时那种叫人一辈子忘不了的、可怜巴巴的神伤。他的名字谁也不知道，在世界的任何角落，或者在他自己记忆之中的任何角落里，他都是无名的。他跟自己聊天，也只是跟一个叫“小鸡二世”的闲扯而已。

过了一点钟，铃开始响。有人命令他们排成一队，每人间隔十步，穿过地道，卫兵瞅上去似乎更加病态。饭是两片夹心面包，一片夹着奶酪，另一片只夹着人造黄油。这次帮厨的士兵是个陌生人，他什么也不愿透露。三点过一会儿，回到牢房以后，又有命令叫犯人上教育楼集合，排成一队，两人间隔十步。

教育楼废弃多时了。经费缩减，当局又十分怀疑给犯人教育会有什么名堂，所以，教育楼大部分的灯坏了，成了一个幽灵出没之地。在他们的左边是幽灵般的打字机房，没有点灯，八部偌大的、旧式的、从未用过的打字机上积满了尘土。在音乐室里压根儿没乐器，但黑板上画着一个谱号、五线谱和一些音符。黑魆魆的历史教室的黑板上，法拉格特从大厅射来的光中可以读到："新帝国主义于1905年结束，然后是……"这可能是十年或二十年前写下来的。左边最末一个教室亮着灯，似乎有人在那里走动。越过赎身钱和酒刺包的肩膀，法拉格特可以看见在骸骨般的杆上亮着两盏灯，照亮了一棵挂满装饰物的塑料枞树。树下面是正方形或长方形的盒子，在盒子上有人非常熟练地包上了色纸和彩带。布置这房间的智慧或技巧使法拉格特深深地敬慕。他想凝神细听人们的冲突声，警笛声，不共戴天的仇敌之间的嘶号和呐喊，但这意象消逝了，取而代之的是塑料枞树的宁静气氛。枞树上闪亮着加冕礼用的珠宝，周围放着许多奇珍异物。他想象着自己穿着白衬衣，站在装着开司米套衫、丝衬衣、黑貂帽、尖头寝室拖鞋、适合男子使用的大首饰盒子旁边，他会照成什么样子。他想象自己的妻子和儿子在印第安山庄家屋的前厅从信封里抽出一张他的彩照的情景。他仿佛看见了地毯、桌子和镜子中映照着的一花瓶的玫瑰花，他们在瞧给他们带来耻辱、他们不欢迎的、给他们名誉带来污垢的人，一个讨债鬼，却居然站在一棵非常漂亮的枞树旁照了一张色彩鲜艳的照片！

走廊上摆着一张长长的、饱经风霜的桌子，在那儿填单子，这单子一定是大街上一家很有头脑的商行印制的。单子上写明，免费寄一张照片给犯人指定的人。这人必须是家庭成员，同居配偶，同性恋对象亦可。印制的第二张照片，连同底片，将送交猎鹰者监狱当局，要多印者，必须自费。法拉格特在单子上打上："伊齐基尔·法拉格特太太。康涅狄格州索思威克镇印第安山庄 06998 号。"他还为石头块打了一份，石头块名叫赛拉菲诺·达马科，地址是布鲁克林。然后，他走进灯光灿烂、摆满礼品的房间。

圣诞节总是对贫穷的人们心灵的一种嘲弄；而天文学上的至点对于我们其他人却总有一种神秘感。这里似乎刺激人们想起耶稣的比喻，想起他无数的光；这一切，威慑于那些让人发疯的、陈旧的圣诞颂歌之上；这里，在这该死的八月的下午，这传说仍然有着它的威力。他们的动机是非常纯正的。斯宾根太太真诚地爱着她的儿子，为他残酷的、非正常的早逝而感到悲哀、忧伤。监狱的看守真有那么点儿惧怕骚乱和死亡。犯人们会瞬间感到他们是外面那遥远的世俗大街上的一分子。法拉格特抬起头，越过这布置的一切，扫视了一下整个教室。一面空荡荡的黑板，上面是许多年以前书写的斯宾塞体[1]字母表。书法所勾勒的圈啦，环啦，勾啦，连接啦，像杂技演员弯腰的画线的 t 啦，显得非常优雅有致。在这上面挂着一面美国国旗，四十二颗星星，雪白的条纹儿由于年代久远而变成了热尿

1 美国人罗吉·斯宾塞创立的一种书法。

般的黄色。本来可以找一个更合适些的比喻，但法拉格特就是在这种国旗的颜色之下迈步走向战争的。摄影师在那儿。

他是一个瘦弱的人，小脑袋——一个花花公子，法拉格特想。他三脚架上的那架照相机跟手表盒差不多大，然而，他似乎跟镜头有一种特殊的关系，或者说他明显地依赖着镜头。他好像很不乐意从照相机上移开他的那双斗鸡眼。他说话的嗓音像有喉炎，呼噜呼噜的，但仍不失优雅。一共拍两张照。第一张是拍单子，上面写着犯人的狱号和指定邮寄的地址；第二张是拍犯人本人，拍的时候有那么一点儿温和的指导。“微笑，抬一点儿头。把右脚往左脚那儿移一点。得，就这么着！”该小鸡儿照了，他拿着单子，大伙读道：桑塔·克洛斯[1]先生和太太，北极冰柱街。摄影师咧开嘴笑，往四周环视一下，跟大伙儿一起为这玩笑而乐起来。然而，刹那间，他却惊悟到小鸡儿孑然一身的庄严。其实没一个人会嘲弄那隐含着痛苦的潦草的字迹，人们看到这无异于行尸走肉的生活的证据，都缄默了。小鸡儿觉察到这一切，掉转过头去，抬起瘦削的下巴颏，强作欢颜地说道：“从左侧照，那样我模样儿最好。”

“好啦。”摄影师说。

轮到法拉格特了，他心里纳闷该扮演个什么角色，得摆出

1 即圣诞老人，意指他无任何亲人。

一副——心中也仿佛是这么感受的——忠贞不渝的丈夫、尽职的父亲和富裕的公民的样子。他一边这么想，一边微笑着走进强烈的灯光之中。因为灯光的缘故，那儿很热。“哦，印第安山庄，”摄影师说，“我知道这地方。我是说我见过那路牌。你在那儿工作吗？”

“是的。”法拉格特说。

“在索思威克镇我有朋友，”摄影师说，“好啦。”

法拉格特走到窗前，在那儿可以看见B和C牢区的全貌。一排排窗户，瞧上去就像旧时早已销声匿迹的北方棉纺厂。他希冀在窗户里见到火焰和匆匆奔走的身影，但是，他所见到的却只是一个男子在晾晒洗涤的衣物。这地方惰性的气氛使他感到困惑。其实他们是不应该被赤身裸体和一棵亮灯闪光的枞树所污辱、所吓倒的，然而事实却正是这样。这儿的一切似乎都在昏昏欲睡。小鸡儿点燃床垫的时候，他陷于麻木之中，难道他们也跟他一样，跌进了迟钝、麻痹之中？他瞅了一眼那晾衣服的陌生人。

法拉格特回到走廊，跟大伙儿一起等候着。外面开始淅淅沥沥地下雨了。赎身钱在犯人中间走来走去，收拍了照的单子。这些单子没什么用，法拉格特饶有兴味地瞧着赎身钱。赎身钱是一个非常神秘的人物，瞅着他连续干事才能悟出点儿名堂。他收了那么十几张单子，一脚蹬上了把椅子。赎身钱是一个魁梧的人，而椅子歪七扭八的，他用脚分别掂了一下分量，看看牢靠不牢靠。当他觉着站在椅子上稳靠了，伸手一把撕掉了单子，像一个在播种的农夫，将碎纸屑往犯人的头上、肩上甩去。他脸上堆着微笑，唱起《平安夜》。绿帽子扯开了非常浑厚的男低音，考虑到他们唱颂歌音域距离之远、之杂沓，这无疑是一个小小的、阵营非常强大的唱诗班，扯开嗓子歌吟着圣母玛利亚。往后回忆起在这令人窒息的雨天，在头上和肩膀上飘荡着古老的圣诞颂歌，悠悠飞舞着碎纸片，并不总是苦涩的。这将是一种令人愉悦、轻松的回忆，回忆起某些蠢事，这蠢事却是和飘扬的大雪联系在一起的。

他们整队走了出去。另一队犯人站队挤在地道里，等候着站到枞树边照相。他轻快的心情就此烟消云散。一见到地道看守的脸，他便明白圣诞欢乐结束了。

法拉格特用冷水小心翼翼地、使劲地擦身，像一条狗似的嗅一下胳肢窝和胯下，但还是拿不定主意臭味儿是从他身上还是从酒刺包身上发散出来的。沃尔顿在值班，正在看他的书。他正在上夜校，学汽车推销术。犯人聊不聊天，他也管不了多少。当赎身钱问能不能跟石头块打牌时，他不耐烦地开了锁，让赎身钱出来。“我正准备考试呢。我正准备考试呢。我知道，你们这帮人不懂这些，要是我考砸了锅，得重新学一年。这地儿全发疯了。在家学不了，小孩病了，整天价哭。我早早来这儿，想在办公室学一会儿，可办公室简直成了疯人院。眼下我来这儿，想图个清静，可好，这儿却成了个通天塔。打牌吧，可别吱声。”

利用这个时机，法拉格特冲着酒刺包吼起来。“你他妈的干吗不洗洗？我洗了澡，全身洗了，可我还是安生不了，你小子就像肉店后门胡同里的臭垃圾桶。”

“哼，我臭，是吗！”酒刺包嚷嚷开了，“那是你甩你的卵，整日价在肉店垃圾桶里东嗅西嗅的。”

“闭嘴，闭嘴，闭嘴，”沃尔顿说，“我得准备考试。法拉格特，你知道这是怎么回事。要是我考砸锅了，还得学一年，至少还得学一学期。坐在硬椅子里写我懂却忘得一干二净的玩意儿，那老师是个婊子养的。要是想聊天，就聊吧，不过轻声点儿。”

“哦，酒刺包，哦，酒刺包，亲爱的酒刺包，亲爱的酒刺包，”法拉格特轻声地说，“出纳员对出纳机说什么来着？”

“我是一颗皱不拉叽的葡萄。”酒刺包说。

“哦，亲爱的酒刺包，”法拉格特哀求地说，“我要求你帮个大忙，现代文明的历史就指望你做出个明智的决定。我曾经听见你慷慨激昂地说过，你愿意把你的宝石奉献给被薄情的世界遗弃的饥饿的孩子或一个什么孤独的老太婆。而现在有一件更崇高的事业需要你的帮助。我手头攒了装收音机最基本的元件——天线、地线、线圈调谐器。我急需一只耳机和二极晶体。石头块有耳机，而你有二极晶体。有了这个，有了你的二极晶体，就可听到威胁行为纠正司和政府的消息。那帮小子扣押了二十八个人质，我们哥们儿只要出点儿差错，就有可能成百的人被砍头。而行为纠正司倘若犯了关键的错误，就可能引起这个国家，也许全世界监狱的骚乱。我们有好几百万人哪，酒刺包，好几百万人哪，骚乱成功，我们就可以统治世界。虽然你跟我，酒刺包，明白我们没这个能耐。所以，既然没能耐，最好的办法就是停战，而这一切全靠你那块宝石。”

“别胡说八道啦。”酒刺包轻轻地说。

“酒刺包，亲爱的酒刺包。上帝给了你钻石，上帝希望你把它献给我。这就叫平衡，酒刺包，成百万人的生命指望着它呢。马可尼于 1895 年发明无线电。这是一个漂亮的发现，载着声音的电波可以在遥远的地方变换为听得明明白白的声音。有了你的钻石，酒刺包，我们就可以确切地知道关于‘围墙’监狱的二十八个小子的事儿，他们胡编了些什么。”

“五十六个。”酒刺包说。

“谢谢你，酒刺包，可爱的酒刺包，知道了这些，我们就可以最有利地制定我们的战略，也许可以赢得我们的自由。用你的钻石，我可以装一台收音机。”

“要是你是个这么了不起的魔术家，你为什么不颠着屁股离开这地儿？”酒刺包说。

“我是说电波，酒刺包，并不是血肉之躯。空气中的电波。甜蜜的空气，稀疏的空气。听见我的话了吗？要是我不认为数学和几何学是一种骗人的玩意儿，是对人类脾性一种错误的类推，我就不会这么耐着性子细声细气地跟你说话了。要是在一个人的本性中找到某种凸面——正如我在你本性中找到的那样，那么，认为一定会有一个相应的凹面，则是错误的。压根儿就没有什么等边的人。我之所以一个劲儿哀求你，酒刺包，是因为我相信人性难以估量的丰富性。我需要你的钻石以拯救世界。”

酒刺包大笑起来。他的笑声是真诚的，孩子气的，非常响亮，在空中萦绕。“你是第一个跟我说那个的，小子，挺新鲜。拯救人类。我只是说救个挨饿的小孩或一个什么老人，我没说世界。这钻石值一万九到二万六。钻石可是硬邦邦的，但市场却不那么硬。好多年以前，要不是钻石太大没法子偷着卖，早有人砍掉我手指头抢走啦。这钻石很大，倒也很安全。可从来没人像你那样问我要。总有二十七八个人来过，也许还要多。许多年前，有个看守，后来给开除了，他每星期给我拿一箱威士忌，各种各样的玩意儿。他把外面好吃的全拿来，好几吨哪。他还答应供应像我这样的烟鬼抽一辈子烟。还有律师。他们排着队跟我谈话。答应我重新判决啦，赦免啦，出狱啦。有个看守答应帮我越狱，让我躲在送货车的底盘上。这真正引起了我的兴趣。送货车每星期二、星期四来，他认识司机，司机是他的姐夫。他在底盘上支个吊床，正好兜着我。他让我瞧了，我甚至试着去躺了一下，但是他要我先给钻石才能逃。我没给，就这么吹了。但是，没有一个人跟我说过它能拯救世界。”他瞅一眼钻石，在手中转了几下，对着它璀璨的光辉微微一笑。“您也不知道您能拯救世界，是不是啊？”他问钻石。

“哦，干吗要从这么好的地儿逃出去呢？”小鸡儿问。他在吉他上弹了几下，当他用肯塔基腔说话时，就没再鼓捣吉他。“谁愿意为了离开这么好的地儿而骚乱呢？报纸上报道，到处是失业。这就是为什么连副州长也到这儿来蹲着了，他在外面找不到活计。甚至有名的电影明星，以前有百万的家产哪，可好，翻起衣领子，排队等施舍，一碗水渍渍的青豆汤，顶不住饿哟，还让你老放屁。大街上，哪个不穷得叮当响，哪个不是没活儿干，还成日价下阴雨。行凶抢劫，就只为了块面包皮。排队等活儿，等上整一个星期，到头来，说没活计。咱们在这儿一天排上三次队，能得上一份挺好的热喷喷的基本营养饭，可在大街上，他们排队得等上八个小时，一天一夜，也许得等上一辈子，就为这份饭。谁愿意离开这么好的地儿，到冷雨中去排队？即使不在冷雨中排队，他们也得担心发生核战争。有时候，为这两件事都得提着心。我是说，既要在冷雨中排队，又得担忧核战争，一场核战争，他们全得完蛋，到地狱门口去排队吧。而咱们，老兄，却不用提心吊胆。一发生核战争，首先得救的是咱们。全世界到处有犯人防原子弹的隐蔽所，他们不会让咱们在大街上乱窜的。我是说，他们得让人全死光了，才会让咱们自由，谁都明白，咱们吃小孩、强奸老太婆、烧医院，那儿住满走不动、爬不动的残疾病人。谁愿意离开这么好的地儿？”

“嗨，法拉格特，来和石头块打牌，”赎身钱说，“放法拉格特出来，行吗，沃尔顿？石头块想跟法拉格特打牌。”

“只要你们闭上嘴就行，”沃尔顿说，“我得应付考试。能答应不嚷嚷吗？”

“答应。”赎身钱说。

法拉格特班房的门被打开，他拿着一把椅子，穿过牢区来到石头块的班房。石头块像一个傻瓜蛋似地痴笑，也许他是呆子。石头块递给他牌，他洗洗牌，说：“你拿一张，我拿一张。”他将牌插成扇形，但牌太厚，十几张牌掉到了地上。正当他准备捡牌时，他听见一个声音，不是耳语声，而是一种正常人的声音，压在最低的音量上。这是助听器——二百美元的助听器——调在无线电频率上。他瞥见地板上躺着一件帆布胸衣，里面有四节电池，有个塑料的肉色小孔，他琢磨，声音是从小孔里传出来的。他捡起牌，往桌上啪地一甩，说：“你拿一张，我拿一张。”无线电声音在说：“欲继续学习西班牙语口语和家具制造者，星期一至星期五每天五点至九点可到本杰明·弗兰克林中学报到，地址在榆树街和栗树街岔路口上。”然后法拉格特听到钢琴乐。这是肖邦序曲中最阴惨的——总是在谋杀影片中开枪之前作为伴奏的音乐，这序曲会使他这一代和上几代人想起一个梳小辫的小姑娘，被关在一个可怕的房间里度着可怕的时光，发出孱弱者的啜泣声，悲哀的落叶般的窸窣声。“‘围墙’监狱，或者阿芒那监狱最新消息报道，”播音员说，“监狱当局和犯人委员会的谈判还在继续进行。保卫监狱的武装力量已经部署妥当。但当局否认关于部队急于解决事端的报道。已有五名人质在电台和电视台做证，证明他们在黑人穆斯林运动的领导下得到了正常的食品与医药供应以及充分的保护。州长已经声明他无权给予大赦。已经递交要求释放人质的最后请愿书，犯人明天黎明将给予答复。按官方标准，所谓黎明就是六点二十七分，天气预报说明天将阴有雨。现在播报地方新闻。一位名叫拉夫·瓦尔多的运动员在其八十二岁华诞之际获得烧谷镇黄金时代自行车比赛冠军。成绩是一小时十八分。祝贺你，拉夫！本州东北部猎人桥圆木村的查尔斯太太声称她目睹一个不明飞行体，当时查尔斯太太正在晾晒衣物，不明飞行体离她非常近，其旋风甚至撩起太太的裙子。请注意收听塔本斯维尔城大火灾细节报道。”然后，响起另一个人的歌声：

加罗威牙膏洁净牙齿，
上上下下的污垢无处存身，
加罗威牙膏预防龋齿，
加罗威牙膏为您和您的配偶效劳。

法拉格特又啪啪啪地打了十分钟牌，然后喊道："我牙疼啊。得走了，牙齿疼啊。"

"回去吧，回去吧，"沃尔顿说，"我得学习。"

法拉格特搬起椅子，在赎身钱班房前停步，说："牙齿可疼啦。四十八岁啦，我却还有智齿。左边的这颗牙齿简直像只钟，晚上九点开始疼，黎明就好。明天拂晓我就能知道牙齿还疼不疼，或者这牙齿干脆要掉下来。拂晓就能知道，大约六点二十八分。"

"谢谢你，美国小姐[1]。"赎身钱说。

法拉格特跌跌撞撞地走回班房，爬上床铺，睡着了。

他做了跟白天气氛截然不同的梦。梦中的色彩是非常生动的，这种曲面双色的光谱只有经过照相机提取后，肉眼才能

1　对美国电台女播音员的称谓。

窥见。法拉格特乘着一艘游艇，体验着一种熟稔的混杂着自由、厌倦和被太阳晒黑的感觉。他在游泳池里游泳，中午坐在酒吧间，厕身于各国的游客中间喝上一杯酒，睡个午觉，在甲板上打网球，用桨板打网球，不时跳下池去游上一会儿，四点回到酒吧。他感到浑身舒坦，富有性感，周身是一片金灿灿的肤色。如果回到黝黯的酒吧、俱乐部去吃中午饭，这一身的美色算是白有了。所以，他闲逛，对自己的闲适感到一丝不安。一天下午，午睡刚完，他瞥见一艘双桅纵帆船往左舷驶来。纵帆船上飘扬着旗帜，但他辨认不出来。他注意到游艇放慢了速度。船首激起的波浪越来越小，终于消失，纵帆船跟偌大的游艇并驾齐驱。

纵帆船是来接他的。他走下去，从一架绳梯下到帆船上，船开走时，他向游艇上的朋友们招手——男朋友啦，女朋友啦，游艇乐队的音乐家啦。他不记得谁是帆船的主人，谁迎接的他。他只记得自己伫立在甲板上，瞧着游艇又加足马力疾驶。那是一艘很大的旧式游艇，以一位皇后命名，像一位新娘一般雪白，船首有三个斜斜的烟突，飘着小小的金色的花饰，像孩子玩的船。游艇发疯般地驶离航道，转向左舷，倾斜着往一座附近的海岛驶去，似乎是一座大西洋海岛，上面生长着丛丛椰林。船直往海边冲去，船尾往右舷倾倒过去，骤然冒出一片大火。当他驶远时，他回过头来仍然可以窥见那火葬的壮观情景和巨大的烟柱。他倏然醒来时，幻梦灿烂缤纷的色彩陡然间被猎鹰者监狱的灰意所淹没了。

法拉格特醒了。他瞅一下表，甩头紧望一下窗户。六点二十八分。雨正在世界的这部分——他想，也在“围墙”监狱——淅淅沥沥地下着。是小不点儿吵醒他的。“别吃糖，抽上支‘幸运儿’牌烟，”小不点儿说，“切斯特菲尔兹，他们同意啦。跑上一英里，买上包‘骆驼’烟。”他手里拿着五支烟卷。法拉格特拿了两支。烟卷得非常松散，他琢磨，这是大麻。他充满温情地望一眼小不点儿，但是他对这位看守的任何温情和爱却都抵挡不住他的粗俗。他的眼睛布满血丝。从鼻孔伸向嘴边的皱纹就像是灰土路上的车辙，他的脸上没一点儿生命的痕迹，对一切是麻木的。他在牢区跌跌撞撞地走来走去，说道：“别吃糖，抽上支‘幸运儿’牌烟。跑上一英里，买上包‘骆驼’烟。”这旧日的关于抽烟的歌谣，比他们俩都要老得多。除石头块之外，人人都知道从小不点儿那儿拿到的是什么，怎么抽，赎身钱指点石头块。“使劲儿吸，让烟闷在肺里。”法拉格特点燃第一支烟卷，吸上一口，让烟停在肺里，浑身体验到一种真正的、可贵的麻醉品赦免的快乐。“哎哟哟。”他说。“真够劲儿。”小鸡儿说。整个牢区响起一片呻吟声。小不点儿猛一下子撞在牢房尽头的墙上，磕破了手臂。“还有呢。”他说。他一下子跌进他的那把钢椅子里，双手抱住头，开始打起鼾来。

法拉格特所吸的赦免的烟——形成了一朵云影，一朵灰色的云，就像窗外开始看见的那种云烟，将他从世俗的床，所有世俗的东西上提升起来。雨声似乎也带有一种绵绵柔情——这是穿着赴剧院晚礼服给人加汽油的、脾气暴烈的妈妈所欠缺的。然后，他听见石头块助听器叽叽嘎嘎的响声，赎身钱带着睡意在催促着。"晃一下，晃一下，晃一下，看在基督的分上。"他听见一个女人的声音，不，在他的大麻叶带来的那种宏博的幻觉之中，他想，这既不是一个年轻妇女，也不是年迈老太婆的声音；既不是一个俏丽的妇人的声音，也不是一个相貌平常的女人的声音——这只是一个女人的声音，在全世界任何地方买上一包烟时便会听到的那种声音。

"嗨，听众朋友们！这是帕蒂·史密丝在播音。我是接替爱略特·亨德隆做现场报道的。听众也许还不知道，爱略特·亨德隆因目睹半小时来发生的事件而伤心不已。州部队已重新占领'围墙'监狱。州当局包括要求延长最后通牒时间的请求书于六点钟被犯人焚烧。犯人只答应延长最后通牒时间，但对其他条件一概拒绝。犯人似乎在准备处决人质。六点零八分，部队开始用毒气进攻，两分钟之后，下令开枪。射击持续了六分钟。现在估计死亡人数仍然为时过早，但是爱略特，我的同事，K 牢区的最后一个目击者，估计至少死亡五十人，有五十人生命垂危。部队让所有幸存的犯人脱光衣服。他们正躺在雨水泥污中，由于硝滴涕的作用而在大吐特吐。请原谅，女士们，先生们，请原谅。”她哭了，“我想我也要跟爱略特一样进医院去了。”

“给我们唱支歌吧，小鸡二世，”赎身钱说，“哦，给我们唱支歌吧。”

小鸡儿等了一会儿，抖掉一点儿大麻叶屑，拿起吉他，使劲在四根琴弦上弹拨起来。他开始唱起来。他的嗓音细长而多变，含有一种肯塔基的质朴味儿，然而质朴细长的音色却含有一种粗狂的勇猛之气。他唱道：

倘若只能唱忧郁的歌，
我就不唱。
倘若只能唱忧郁的歌，
我就不唱。
不唱死者，
不唱刀刃相见和枪杀，
不唱祈祷和哭泣——
倘若只能唱忧郁的歌，
我永远不会再唱。

5

他们又赤身裸体，或几乎赤身裸体，排着队等着发新的拘留中心狱衣，在写着“特大号”“大号”“中号”“小号”的牌牌前等候着自己的份儿。他们早脱去了监狱的灰号衣，扔进垃圾桶里。新发的狱衣是一种难以分辨的绿色，他琢磨，这既不像是葱绿，也不是复活主日或漫长夏日的那种浓绿，而是比行尸走肉的灰意更深一点的那种颜色。只有法拉格特唱了一小节《绿袖》[1]，绿帽子笑了一下。考虑到更换衣服颜色的庄严性，对于他们来说，任何的怀疑和揶揄都显得太渺小、太琐碎、太可鄙了，因为正是为了这种浅绿，阿芒那监狱的犯人们或捐躯，或赤身裸体，一连数个小时，待在泥沼里呕吐。这是事实。这次革命之后，纪律不再那么严峻，来往的邮件也不再检查，只是他们干一天的活仍然只值半包烟卷，改换狱衣是“围墙”监狱骚乱带来的最大的变化。他们谁也不会那么愚蠢，说“咱们的兄弟们就是为这而死的”。同样，几乎没有谁那么愚笨而不去琢磨犯人换狱衣所表示的无穷的贪婪的含意，换狱衣花的是大伙儿的钱，是为了极小一撮人能在小安的列斯群岛[2]潜泳玩上更长些时间。在游艇上任风在耳边呼啸，或者

1　英国民歌，16 世纪后半叶即开始流行。

2　西印度群岛的组成部分。

干其他的什么寻欢作乐的事儿。换狱衣带来一种明显不过的庄严性。

换狱衣是粉碎“围墙”监狱反叛之后笼罩在猎鹰者监狱上空大赦气氛的一部分。马夏克又用法拉格特偷走的铜丝挂起了他的花草，谁也没发现磨尖的打字机键。发完了狱衣，许多人都要求改制狱衣。大部分犯人希望狱衣按他们的身材重新裁改，衬出身体的线条来。等了四天才有绿线卖，线一小时就卖完了，酒刺包和网球迷懂一点儿裁缝，搞到了一个线团，花了整整一个星期时间改制衣服。“聊聊，聊聊天嘛。”绿帽子说，虽然法拉格特没有而且从来也不想见这位朋友，他还是请绿帽子进牢房来。他希望除电视之外，能听到另一个声音，在他班房里感觉到另一个人，另一个伴侣的存在。绿帽子只是一种妥协，但他也没别的选择。绿帽子把新衣裁改得那么小，穿着一定十分痛苦。裤子的胯裆一定像赛车的坐垫一样磨蹭他的屁股，胯口一定让他觉得紧得难受，因为法拉格特看得出来他坐下时一副畏缩的样子。法拉格特毫不怜悯地想，虽然有这么一份痛苦，但瞧上去真让人倒胃口，他对于绿帽子的看法中没一丁点儿怜悯的成分。当他朋友坐下，正准备聊他老婆时，法拉格特寻思，绿帽子有一个任意膨胀的自我。他似乎一准备讲话，那自我就被充上了气。法拉格特有一种幻觉，这种充气和膨胀是可以触摸到的，而愈益膨胀无比的绿帽子会将笛卡尔的书从桌上挤走，将桌子顶到铁栏杆上，整个儿掀翻厕所，毁掉他躺着的床铺。法拉格特知道，他的故事是见不得人的，然而法拉格特不清楚的却是赋予这些见不得人的东西以什么地位。它们存在着，它们是不可战胜的，他想，但它们的地位和它们的显赫却是这般的不相称。绿帽子夸口说肚子里装着好多事儿呢，他所知晓的事实愈加显出法拉格特的无知、猜疑和绝望。这些是他脾性的全部，他想，也许他的脾性需要加以改善。匆促和鲁莽的乐观是可鄙的，他心中想着这个，所以当绿帽子清清喉咙，唠叨起来，他也没有反对。“要是你问我关于跟老婆过日子的忠告，我劝你别太在意男女之事。我想，我当初娶她，就图她是个大骚货——我是说她正和我匹配，适时来情，痛快了好几年。可当她开始跟谁都胡搞时，我简直不知道该怎么办啦。从牧师那儿得不到任何启示，而我所了解的法律除了离婚就没别的。但孩子呢？他们不愿意我走，即使他们知道他们的娘干了些什么。当我抱怨说她怎么跟谁都胡搞，她倒教训起我来，说人生可不是一件容易的事儿啊。她说跟大街上谁都胡搞，是一种非常孤独的、危险的生活方式。她说这需要勇气。她就是这么说的，真的。她就这么教训我。她说在电影里，在书里，这被描写成一种非常美好和轻而易举的事，其实她必须面对各种问题。她告诉我，一次，她跟朋友们到酒吧和饭店吃饭。在北达科他州，人们有种分食规定，在一处吃饭，又到另一处喝酒、喝咖啡，所以她从酒店移到了饭店。在酒吧间碰到个非常、非常帅气的小子。透过门道她给他送秋波，他也往回送。你明白我的意思吧，秋波？

“然后她告诉我，她非常大声地对朋友说，她不吃甜食啦，要回空房去读本书。她这么说是要让他听见，让他明白家里没老公也没孩子碍事。她认识酒店侍者，侍者会告诉他她家的地址。她回到家，刚披上披肩，门铃就响了，正是他。在门道里他一把抱住她就亲吻，她把手放在他身上，脱下他的衣服，瞧，就在门道里，而这个时候，她发现虽然他很英俊，但也很脏。她跟我说，他一个月洗不上一次澡。一闻到他身上那股味儿，她开始冷静下来，盘算怎么让他去洗个澡。他一个劲儿吻她，衣服一件件脱下来，臭味儿越来越呛鼻子，她于是建议他也许应该去冲个澡。而这小子一下子发起火来，嚷嚷道他是来找娘儿们，而不是找个娘，告诉他什么时候得洗澡，他不是到沙龙来找个臭娘儿们，告诉他什么时候洗澡，什么时候理发，什么时候刷牙。他赌气穿上衣服，扬长而去，她把这告诉我，是想说明当个破鞋也要勇气。

“我自个儿也干糟糕的事儿。有一次，我回家，道了声哈啰，上楼去拉屎。我正蹲着呢，瞧见便池旁边有一大摞狩猎和钓鱼杂志。拉完后，我穿上裤子，走出厕所，大声恶骂她跟个患便秘的钓鱼小子在胡搞。我吼啊，嚷啊。我说，她就这么快，搞上个笨蛋，不知道怎么放线，怎么拉屎。我说，真可以想得出，这小子坐在便池上，涨红了脸，读怎么在北部湖区暴风雨中钓野味大梭鱼。我骂道，她就只配这种小子，瞧她那副德行，命中注定要跟那号脸上长满粉刺的加油站浑小子胡搞，这帮小子只会在杂志里钓鱼，连拉屎也不会。她哭啊，哭啊。可一小时之后，我记起我上邮局订了所有这些狩猎、钓鱼杂志，我道声对不起。她压根儿不在乎。我真觉得不是味儿。”法拉格特没说什么——他很少跟绿帽子说话——绿帽子回到班房，打开收音机。

赎身钱星期二上午染上了腹泻，到星期三中午，除石头块之外，全拉肚子。小鸡儿说这是因为每天吃的那些猪肉。他说他瞧见一只苍蝇从他的肉里飞出来。他声称他逮住了那只苍蝇，谁想瞧他可以拿出来，但谁也没问他要来看。他们全要求去看病，沃尔顿或者戈德法勃宣布，医务所医生和护士因过分劳累，十天之内不再问诊。法拉格特拉肚子，发烧，别的犯人也一样。星期四上午，每个犯人在班房领到一份樟脑阿片酊，给犯人特赦一小时，可以离开猎鹰者监狱，但大伙儿拉稀，孱弱得很，谁也没力气出去。星期五中午在广播喇叭里宣布：“鉴于东北地区有些城市流行感冒，兹决定从九时至下午六时给康复院全体成员打预防针，在班房等候。每个人必须打预防针，任何迷信或宗教戒律将不予考虑。”

“他们想把我们当小白鼠[1]使，”小鸡儿说，“我们会被当作小白鼠的。我全明白。以前这儿有一个人生喉炎。他们在他身上试新药，打针，干了两三天，还没抬出班房上医院就咽气了。还有个小子患淋病，病并不重，他们给他扎针，卵就肿胀起来，跟个篮球那么大，肿啊，肿啊，没法儿走路。他们只得拿块小板来抬他，那玩意儿就像皮球一般戳在被子下面。还有个小子，骨头渗水，骨头里淌骨髓，非常衰弱，他们就给他扎针，扎那种正实验的针，他成了块硬邦邦的石头，成了块硬邦邦的石头，是不是，小不点儿？小不点儿，那骨头渗水的小子到末了成了硬石头块儿，我没骗人吧？”

“小不点儿不在这儿，”沃尔顿说，“小不点儿要星期六才来值班。”

“行啊，小不点儿来上班，他会告诉你们的。那小子成了块石头。就像水泥——石头。小不点儿在他屁股上刻上姓名的第一个字母。他就在我们眼前变成石头块儿的。还有疯子。要是他们认为你是疯子，他们给你打绿药针——那种黄绿黄绿的玩意儿。假如这还不行，你简直不能相信，他们干些什么让你气得发疯。从前有个小子，他说他能在脚指甲上弹奏国歌——他成日价干这个——然后他们给他打这种实验性的药针。得，

1　供科学实验用的人或物。

他先一把撕去一只耳朵——哪一边我忘了——然后用手指戳眼珠子，弄瞎自己。小不点儿，是不是这样，是真的吧，小不点儿，给疯子扎的那黄绿黄绿的玩意儿是真的吧？”

“小不点儿不在这儿，”沃尔顿说，“他要到星期六才值班。对你们这帮人，我可没耐心啦。我家有老婆孩子，他们想打这针还捞不着。这药百万富翁还买不着呢，你们可好，一个劲儿埋怨、发牢骚。”

“哦，该死，”小鸡儿说，“不要钱给我的，我全要，但我可不是供实验的小白鼠啊。”

星期六下午，他们打了预防针——不是在医务所，而是在供应室，窗户上还写着“特大号”“大号”“中号”“小号”的字样。牢区大约有十五或二十个犯人信仰的宗教不允许他们打针，他们被旧衣服回收箱围了起来，法拉格特问自个儿有没有这类宗教信仰，去吃一顿这种幽禁的苦楚。他的精神和化学需要都有赖于麻醉品，为了麻醉品他可以去宰人。这时，也只有这时，他才意识到革命中的三天和流行性感冒猖獗的三天，他压根儿没去扎美沙酮。他迷惑。一点儿也不明白这是怎么回事。打针的护理员原来就是给他扎美沙酮的那个。法拉格特挽起袖口，伸出胳膊准备打针时，问道：“为什么一直没给我扎美沙酮？这是违背法律的行为。在我判决书上写得明明白白，我有权享用美沙酮。”“你这傻小子，”护理员和和气气地说道，“我们正纳闷，你小子什么时候才发觉。你已经扎了近一个月的安慰剂了。戒掉了。老兄，你戒毒了。”他给法拉格特扎上一针，感到一种皮下注射的不自然的蜇疼，抖了一下，并想象药剂会怎样随着血液周身循环。“这不可能。”“算算日子吧，”护理员说，“只要算算日子就明白啦。走吧。”法拉格特震惊不已。他走到门口，小鸡儿正等着。他心中埋怨，行为纠正司倒是成功了，而他遵循的陪审团的三种治疗吸毒的方案却无效，这充分显示出他心胸的褊狭。行为纠正司也许不一定对。既然他自己都没有意识到，他不能祝贺自己戒毒成功。陡然间，他的家庭、他那令人憎恨的背景浮现在他心头。那种种古怪的角色——驾驶独桅艇的老头子啦，穿起歌剧院礼服给汽车加油的那个女人啦，虔诚的哥哥啦——他们赋予了他一种纯洁的、粗野的、持久的坚忍感吗？“我做了一个重要的决定啊，”小鸡儿说，将手钩住法拉格特的手臂。“我做出了一个非常重要的决定。我要将吉他卖掉。”跟刚才别人告诉他的事相比，法拉格特感到小鸡儿的决定太渺小了；这决定，以及小鸡儿勾住他手臂，看来似乎都是一种绝望的举动。小鸡儿瞧上去是真的孱弱而衰老了。法拉格特不能告诉他自己已经戒毒成功了。“为什么要卖掉吉他呢，小鸡儿？”他问道，“为什么要干那种事呢？”“给你猜三次。”小鸡儿说。法拉格特不得不用手臂扶住他的腰，爬地道的陡坡，走进班房。

静极了。法拉格特发烧，这使他想起麻醉品的福音，而这种福音他已断然抛弃了。他陷入了麻木之中。然后，发生了一件奇特的事情。从敞开着的班房门口，他瞥见一个年轻男子，夏季发式，一身整洁无瑕的牧师服，手中端着一只盘子，盘子上放着一只银制的圣杯和圣体盒。“我是来行圣餐礼的。”他说。法拉格特嗖的一下从床上爬下来。陌生人走进班房。法拉格特走近他，闻到一股非常清爽的味儿，问道：“我要下跪吗？”“是的，请。”牧师说。法拉格特在旧损的水泥地上跪下来，似乎是古旧公路的路面。他想这也许是他临死前的最后一次礼仪了，但他也毫无所动。他心头一片空白，他的嘴开始嗫嚅起来，这是他自青年时代起就学会的，犹如跳孔雀舞一般。“圣主，圣主，圣主，”他用一种响亮的、男子气概的嗓音唱道，“苍天与大地之间充满主的荣耀。赞美主，哦。上苍的主啊。”牧师祝福他获得谁也无法理解的平和之后，他说：“谢谢您，长老。”而牧师则说：“上帝保佑你，我的孩子。”当年轻人离开班房，走出牢区之后，法拉格特开始大声叫嚷起来：“喂，他到底是什么人，沃尔顿？他到底是什么人？”

“胡思乱想的社会改良家，”沃尔顿说，“我得学习嘛。”

“他怎么进来的？我没请求见牧师。他又没给别的犯人行圣餐礼。他干吗选中我呢？”

“全乱了套啦，”沃尔顿说，“要不发生骚乱呢。什么人全让进监狱。卖货的，推销百科全书啦，煎饼锅啦，真空吸尘器啦。”

“我要给州长写信，”法拉格特说，“既然我们不能出去，为什么外面的人全能进来？照相啦，行圣餐礼啦，还问你妈妈的姑娘名呢。”

那夜很晚了，他惊醒过来。厕所闹醒了他。他没去瞧时间。他赤裸着身子，走到窗前。车道上亮着熠熠的华灯。一辆客货两用车停放在大门口，发动机还在突突突地吼着。一副滑雪架绑在车顶上。他窥见两名男子和一个妇女从楼梯上走下来。三个人全穿着网球鞋。他们抬着一具旧式的木制棺材，上面画着十字。这种棺椁两翼宽阔而倾斜，底座狭小，正符合拜占庭王朝男子的基本想法。不管它里面装的是什么，它几乎没什么分量。他们轻轻一提，就把它放到滑雪架上，捆绑好，车便开走了。法拉格特回到床上继续睡觉。

星期日下午，小不点儿来值班，给法拉格特带来五六只西红柿，并叫他请小鸡儿住到他班房里来。老头儿需要有人照顾。小不点儿说，医务所里放满了病床，在候诊室啦，办公室啦，走廊里啦全塞上了床位，但病床还是不够。法拉格特一边吃西红柿，一边点头答应。法拉格特在上铺整好了床，小不点儿拿来床单、毯子，给小鸡儿铺了个床。小不点儿扶着小鸡儿从过道走过来时，他似乎半睡着，发散着一股呛鼻的臭气。“躺上干净床单之前，我来给他洗一洗。”法拉格特说。“随你的便。”小不点儿说。“我给你洗一洗身子。”他对小鸡儿说。“别……”小鸡儿说，“到洗澡间，我已走不动了。”“我知道，我知道。”他打来一脸盆水，找到一块布，将小鸡儿穿的病号衬衣脱掉。

小鸡儿身上有点儿名气的文身从脖项处开始，像一件剪裁得体的球衫，在文身上，小鸡儿胡乱花完了作为一个手艺高超的窃贼偷来的全部财产。所有的色彩都褪了，连最初图案的蓝色也已成为一种黑灰色。想当初，他是多么花哨！他胸部和上腹部分描着一幅名叫“幸运儿贝丝”的马的图案。左手一把剑、一面盾，一条蛇，铭文：“不义则亡。”在这下面画着“圣母”，在鲜花丛中。右手上画着一个淫猥的舞者，他鼓一下二头肌，舞者也许能弓背而舞。她站立在画在前臂上的一群人的头顶上。背部大部分地方描画着一幅宽广的山区景色，旭日高升，在屁股上面，法拉格特读到几个业已褪色的、歪歪扭扭的哥特体写的字：“来者放弃一切希望吧[1]。”蛇从他下身处蹦跳出来，沿着他的大腿盘旋而下，脚跟画着毒牙。其他所有地方都画着浓密的花草。“为什么你要卖掉吉他呢，小鸡儿？”他问道。“换了两纸盒薄荷醇。”小鸡儿说。“但干吗呢——干吗呢？”“真怪，想杀猫，”小鸡儿说，“干吗你宰了你哥呢，齐基？”

1 但丁《神曲》中在地狱之门上镌刻的一句名言。

法拉格特想，这次事件，或者人们通常说的谋杀，之所以发生是因为他回忆起或者梦到他的家庭，他总是从背后瞧着他们。他们总是气愤地跺着脚，不是冲出音乐厅、剧院、体育场，就是冲出饭店，而他，家里最小的孩子，总是在后面跟着。“倘若库谢维茨基[1]认为我得听这音乐的话……”“那个裁判偏心眼儿。”“这戏太堕落了。”“我真腻味侍者瞧我那模样。”“那小伙计真厚颜无耻。”等等，等等。他们从来不待到结束，他清晰地记得他们总是找个什么借口，穿着湿漉漉的雨衣往出口处走去。他曾经琢磨，他们也许患上了很严重的独居恐怖症，而用一种道德的义愤来掩饰这种病症。

他们，特别是太太们，也是非常慷慨大方的。他们筹措金钱给住在地下室的居民买骨瘦如柴的鸡，或者筹办私人学校，到末了经常以破产而告终。法拉格特想，她们多少做了点好事，但他总是发现她们的雅量经常是令人非常痛苦、令人啼笑皆非的，他明白事实上生活在地下室的人们拿着那瘦得可怜的小鸡有什么用。法拉格特唯一的哥哥——埃本拥有家庭的这两种品质。他老是抱怨大多数侍者、酒吧侍童或伙计鲁莽无礼，跟他相约在饭馆吃顿午餐总是以大吵一场而告终。埃本不去散发小鸡，他告诉法拉格特，每星期六上午他去双溪福利院给盲

1 库谢维茨基（1874—1951），美国低音提琴家，指挥家原籍俄国。

者读书。一个星期六，法拉格特和马西娅驱车前往埃本和嘉莉居住的乡下。兄弟俩有一年多没见面了。法拉格特觉得他哥长得壮实，甚至魁伟，而两个孩子的命运却很惨。法拉格特对此非常反感，埃本说这种悲剧就是生活的本质。他们到达时，埃本正要离家去福利院，法拉格特跟随唯一的哥哥同往。

双溪福利院一式平房，鸟瞰青山绿水，法拉格特心中思忖，所见的世界是这么的空阔，这会慰藉抑或刺痛垂死的人们的心吗？他们举步踏进的地方竟然是这般的闷热，令人感到窒息，当法拉格特跟随哥哥走过大厅时，他注意到过热的空气中弥漫着过于浓烈的香水味。他用他那长鼻子闻，一种又一种香味不过是春天和青翠碧绿时光的馥香的种种仿制品而已。从厕所里飘出来松林的香味。客厅弥漫着玫瑰、紫藤、康乃馨和柠檬的芬芳。这一切显露出如此明显的人工斧凿的痕迹，人们可以想象那些盛装香水的这些瓶瓶罐罐也许就支立在壁柜里。

这些行将死亡的人们——他们正是这样的——憔悴不堪。

“您那班人正等候在园圃室。”一位男护士对埃本说。他一头黑发锃亮，脸灰黄灰黄的，瞄了一眼法拉格特，仿佛他是一个骗子似的。他们走进的房间称为“园圃室”，大约是因为铁制家具一律漆成绿色，让人想起园圃的缘故吧。墙上糊的纸上描绘着花园景色。一共七个病人，大部分人坐着轮椅。有一个人推着一辆助步车。有一位女病人不仅瞎眼，而且大腿以下的双肢全部截掉。有一个女盲人，脸上涂抹了浓浓的脂粉，她的腮帮子一派艳光。法拉格特以前见过这种浓妆艳抹的老女人，他思忖这是不是一种年迈造成的怪癖——虽然他没有看见过她干些什么。

“早安，女士们，先生们，”埃本说，“这位是我弟弟齐基。我们今天继续读乔治·爱略特的《罗慕拉》。第五章。‘在佛罗伦萨历史中享有盛誉的巴第街位于河南岸城区的奥尔特拉诺。巴第街始于凡契奥桥。一直延伸到格拉齐桥头的莫齐广场，大街右边的房宇和墙垣沿15世纪闻名遐迩的博格里山的陡坡而建，博格里山曾是著名的采石场，佛罗伦萨城许多路面铺石都采于此山——由于雨水渗透，这些街面已非常不稳而危险……’”

盲者都心不在焉。脂粉气挺重的那女人打起盹儿，轻轻地发出鼾声，不管怎么样，她是在打鼾。读了一两页。截肢的那个女人坐着轮椅出了房间。埃本还一个劲儿给这些几乎死亡的、残疾的、瞎眼的、垂死的人们读啊读。想到自己对蓝天空阔的激情和爱，他有点儿蔑视他哥哥，虽然两人十分相像，人们还以为是双胞胎。法拉格特不喜欢瞧他哥，双目盯着地板。埃本读完第五章，两人离开时，法拉格特问他为什么挑选《罗慕拉》。

“这是他们自己挑的。”埃本说。

“但那涂胭脂的打盹了。”法拉格特说。

“他们老那样，”他说，“在生命的晚年，人们不能对他们有任何苛求。绝不能对他们生气。”

在驱车回家的路上，法拉格特坐得离他哥远远的。马西娅开的门。“哦，真对不起啦，埃本。”她说，“你妻子正伤心着呢。我们俩聊起家里的事儿，也许她记起什么，也许我说了什么不该说的，她一下子哭天抹泪起来。”

“她老哭，”埃本说，“别管她。游行时，她哭，听摇滚乐，她哭；去年看美国棒球世界联赛，她从第一场球赛哭到最后一场。别太在意，也别责怪自己。请坐，我去给你倒杯什么喝喝。”

马西娅的脸煞白。法拉格特明白，她比他更清晰地看出这个家庭的悲剧之所在。那时，一个慈善基金会正雇埃本当执事，这基金会将散发瘦鸡肉卷饼的传统发扬光大。一个初来乍到的人也能看出埃本婚姻中那种异常剧烈的情感与性的冲突。再想想两个孩子的生活吧，他们似乎被这场婚姻冲突的余震毁了。那年轻人，埃本的独生子，因为参加了反对战争的和平示威而被关进辛辛那提教养院拘役两年。女儿拉契尔三次试图自尽。法拉格特想遗忘这一切，然而马西娅却把这一切牢牢记在心头。第一次，拉契尔拿了一夸脱伏特加酒、二十粒速可眠药和一只叫人窒息的干洗剂袋走上顶楼。狗的狂吠声救了她。然后，在新墨西哥州的一次盛大聚会之后，她扑到野餐烤炉上，虽然破了相，但被救了。一个月之后，她又持一支十六毫米口径的猎枪，用九号枪弹往脸上开枪，打掉一块肉。被救之后，她给叔叔写了两封情绪热烈的、充满激情的信，告诉他她去死的决心。这些信反而激起了法拉格特对现存体制的美和秩序井然的社会荣耀的爱，对这可祝福的范例的爱。拉契尔是一个疯子，法拉格特也会像她爸一样，设法把她遮掩起来。埃本的家，这等悲剧的温床，却以传统的宁静、和睦而闻名遐迩。

屋子很老了，大部分家具也已古旧不堪。埃本在不知不觉之中重建了他声称是悲惨的青年时代的环境。蓝瓷碗是他们的曾祖父从广州乘船带回美国的，他们是在编织着谁也看不懂的神秘文字的土耳其地毯上打滚长大的。马西娅和齐基坐下，埃本走进配膳室调制饮料。他妻子嘉莉坐在厨房的一条长凳上哭泣。

“我得走开，”她啜泣着，“我得走开。我不想再听你那套该死的玩意儿。”

“哼，闭嘴吧，”埃本吼叫道，“住嘴吧。住嘴吧。如果我没记错的话，每个星期，或者每隔那么几天，你总是唠叨要撇开我。甚至你向我求婚前，就说要撇开我。我的天！除非你租一间库房，要不这县里没一个房间能存放你的衣服。要是你的衣物装上车，跟大都会歌剧团《图兰朵》戏装相比毫不逊色。得了，把你这些破烂玩意儿运走，就够脚夫忙活好几个星期的。几百件衣服，几百顶帽子，几百件皮大衣，几百双鞋。我不得不把我的衣服挂到洗衣房去。还有你那钢琴，你祖父的破烂图书馆，五百磅重的荷马胸像……”

“我得走，”她啜泣道，“我得走。”

“哦，别那么叨叨，好吗？”埃本吼道，“一个女人以欺骗自己为乐，这种人，即使吵架，我怎么能把她当真呢？”

他砰地关上厨房门，送上饮料。

“你干吗那么说？”法拉格特问道。

“我并不总是凶神恶煞的。”他说。

“我想你总是凶神恶煞的。”马西娅说。

“我尽力做了一切可能做的事使夫妇可以相互了解，”埃本说，“譬如，嘉莉想在厨房安个电视机，我为她买了台绝好的电视机。早晨一起床她就下楼，跟电视聊上啦。她睡觉时戴顶像淋浴时戴的那种帽子，脸上涂了好些青春防皱霜。就这样，一大早坐在那儿，戴着帽子，跟电视机叽里咕噜聊个没完没了。她反驳新闻报道，嘲弄笑话，什么都谈。我去上班，她不跟我说再见；她忙着跟电视聊天。晚上我回到家，她有时说声哈啰，但很少。她总是忙着跟电视播音员闲聊天，压根儿没注意到我。六点半她说一声‘你的饭放在桌上’。这有时候是她一整天跟我说的唯一一句话，有时候还更长一些。然后，她给我端来菜肴，而她拿了盘子又到厨房去了，瞧电视节目《审判与错误》，聊啊，笑啊，不亦乐乎。我上床睡觉，她还在跟一部旧影片聊天。

“我告诉你们我是怎么应对的吧。我有个朋友叫波特，他在电视台干活。我们俩有时候一块儿乘火车到城里去。我问他在《审判与错误》里上个镜头难不难，他说不难，他可以安排。几天之后，他给我打电话说他们第二天在《审判与错误》中让我演一场戏。这是实镜戏，我得五点到电视台化妆什么的。在戏里，我被人罚，在那晚上只要在水箱上的钢丝上走一遭就成。他们给了我一套衣服，因为我要落个稀湿，我还得在各种各样的合同上签字。于是，我穿上这套衣服，拍了第一场戏，一个劲儿对着摄影机微笑。我是说对着嘉莉微笑。我琢磨这一次她得瞧瞧我的微笑了吧。于是，我爬上梯子，走到钢丝绳前，开始在水箱上走钢丝，扑通一声——掉进了水里。观众笑声不是太热烈，但他们录下了不少笑声。我穿上衣服，回到家，高声嚷道：‘嗨，嗨，你瞧见我在电视上了吗？’她正躺在起居室大电视机旁的沙发上。她在哭泣。我一想糟了，她哭，是因为她瞧见我像个大傻瓜蛋，掉进水箱里去。她一个劲儿地哭，抽泣，我说：‘怎么回事，亲爱的？’她说：‘他们开枪打死了一头北极母熊，他们开枪打死了一头北极母熊！’错开了。我选错了电视节目，但你们不能说我没使劲儿。”

他站起收拢喝空的杯子时，拉开他坐着的地方的窗帘，法拉格特瞧见在窗帘后面有两只空伏特加酒瓶。这也许可以解释埃本粗重的、海员般的脚步，他沉重的嗓音和他那副愚蠢的、故作镇静的样子。埃本的妻子在厨房一把眼泪一把鼻涕地哭泣，可怜的女儿疯了，儿子蹲班房，法拉格特不由得问："埃本，你为什么要这样生活呢？"

"因为我喜欢这样。"埃本说。他弓下身子，抬起古旧的土耳其地毯，用湿漉漉的嘴吻它。

"我明白了一件事，"法拉格特吼道，"我不想当你的弟弟。我不希望大街上任何人，全世界任何人说我像你。我可以成为一个嬉皮士，成为一个吸毒者，但我不愿别人把我当成你。我什么都可能去干，但我绝不会去亲吻地毯。"

"那就亲吻我的屁股吧。"埃本说。

"你倒学了爸爸那套幽默。"法拉格特说。

"他想杀了你，"埃本尖喊道，"我敢打赌你不知道那个。他爱我，但他想宰了你，妈告诉我的。他请了一个堕胎的到家里来。你自个儿的爸要宰了你。"

法拉格特操起一把火钳，往他哥哥砸去。埃本的妻子做证，法拉格特砸他哥达十五至二十次之多，但是，她是一个骗子，医生居然证实了这种欺骗，法拉格特不由得想，这医生也真是可鄙。

他想，随之而来的审判是腐败的司法机构一次拙劣的表现。他因是一个吸毒者和性事冒险者被判有罪，因谋杀兄长罪而被判入狱。“倘若你是一个命途多舛的人，判刑本可轻一些，”法官说，“社会不惜一切在你身上花费了大量钱财，却不幸全部以失败而告终，社会无法在你身上激起作为社会有用成员和有教养的文明人士典型的良知。”马西娅没有为他做任何辩护，虽然她在证人席上对他微微一笑，当法庭描述跟一个把吸毒看得比对自己的妻子和独生子的爱重要得多的人结婚所带来的异乎寻常的侮辱时，她凄然一笑。他还记得法庭的那股霉臭，教室的百叶窗，一种揪心的沉闷感，那一切好像是非常无情的、手段毒辣的虐待狂的程序。要是他离开这个世界之前见到的最后一样东西便是这法庭，他会说自己毫无憾意，虽然事实上他更愿抓住他以为能拯救他的任何能抓住的地板、痰盂或者破损的板凳。

“我快死了，齐基，我快完了，”小鸡二世说，“我能感觉出来我快完蛋了，可我脑袋瓜子还没事，可我脑袋瓜子还没事，可我脑袋瓜子还没事，可我脑袋瓜子还没事。”他睡着了。

法拉格特还痴痴地待在那儿。他听见无线电和电视飘送来的音乐和声音。窗户上还有点光亮。小鸡二世倏然醒来，说：“瞧，齐基，我压根儿不怕死。这乍听起来有点像吹牛，有人对我说过，尝过死的滋味儿，就不再怕死，我看啊，净是胡说八道，胡说八道。我说哪，那么讲，太没身份了，就像你在镜子里瞧自己的影子，觉得自个儿长得蛮漂亮，跟说不怕死一个样，净是胡思乱想，没身份。要是吃个宴会，算是个宴会吧，即使是在监牢里，你能说你不怕离席吗？——因为你饿，吃猪牛肉混合香肠和米饭也香，即使一条铁棍摸上去也舒坦，睡觉摸着它也顺心。这好比是在极端安全条件下的聚会，谁愿意离开聚会，走进谁也不知道会是怎么样的地方去呢？要是你那么想，那就太糟糕了。我已经活了五十二年多了，我知道你以为我还要年轻一点。谁都那么说，但我真是五十二岁了。就拿你来说吧，你从没给我办过什么好事。而绿帽子呢，他干了不少。他给我搞烟、纸、监外的食品，我跟他相处得也挺好，可我不喜欢他。我是想说我还没从我的经历中体会到些什么好的地方。一点儿也没。我喜欢你，不喜欢绿帽子，就这样，所以，我琢磨我来到这世上一定还记得上世的事儿，我又要到另一个地方去了，你明白那是哪儿，齐基，你明白那是哪儿，我真有点不耐烦啦，到底怎么个样儿呀，等不及啦。我不想跟那些怪人一样，他们胡说八道，他们净说尝过死的滋味，就不再怕死，一点儿也不怕。我可是个有身份的人。我是说，要是眼下，就在眼下，他们把我带到行刑队面前，我笑着走出去——不是那种苦笑，那种伤心的笑，我是说真正的笑。我走到那儿，跳个软鞋踢踏舞，要是凑巧，来上那么一下子勃起，然后，开枪命令一下，我就张开手臂，别让他们浪费弹药，乒——那么一下子就成，我这样倒下，我就是个幸福的人，因为对于往后的事，别提我多有兴趣啦，对于往后的事，别提我多有兴趣啦。”

窗户上还有一星灯光。赎身钱的无线电播放着舞曲，他可以看见走廊尽头的电视上有一群人遇到了麻烦。一位老人沉溺在往昔的生活之中。一位年轻人为未来而烦恼。一位年轻女郎跟情人发生了龃龉，一位年迈的妇女在帽盒里啦，冰箱里啦，抽屉里啦，到处藏匿松子酒。越过他们的脑袋和肩膀在窗外，法拉格特可以看见海浪拍打着雪白的沙滩，村庄的街道和森林，为什么他们要挤在一间窄小的房间里吵个不休，而不去商店走一走，到树林里去吃野餐，或者到海里去游泳呢？他们完全可以自由自在地干这一切。为什么他们要囿于一室之内呢？法拉格特听见了大海的召唤，想象着在美丽的卵石上漫溢的明净的海水，难道他们没有听见海的召唤吗？小鸡二世在大声地打鼾，也许是呼吸的颤音，也许是死亡前的呻吟。

这一刹那显得那么紧张，似乎充满了一种阴谋的气氛。法拉格特觉得似乎有人在追赶他，他轻易地在所有追赶者前面跑。这需要有那么点儿狡猾；他似乎拥有这种狡猾，狡猾和温情。他走到小鸡二世床边的椅子上，将这个垂死的人的温暖的手捏在自己的手中。他似乎从小鸡二世的存在中汲取了一种深沉的自由感；他似乎从小鸡二世那儿领受到小鸡二世充满爱地奉献于他的东西。他觉得右边的屁股有些不适，撅起屁股发现自己一直坐在小鸡儿的假牙上。“哦，小鸡儿，”他喊道，“你咬我屁股了。”他的笑声是那种充满深深的温情的笑，然后，他抽泣起来。他拼命抽噎，信马由缰地哭。他喊小不点儿。小不点儿来了，没问什么。“我去找个医生来。”他说。瞧着小鸡儿裸露的手臂上密密麻麻的、业已褪色的灰色的文身图案，他说：“我不信他说的在文身上花了两千美元。我看，两百美元打住了。他掐死了一个老太婆。因为这老太婆在糖罐里藏着八十二美元。”他走了。窗户上的光消逝了。舞曲和电视剧中的误解一个劲儿地闹腾着。

医生来了，他仍然戴着革命时给他们做性病检查时戴的那顶帽子，似乎很脏。“老天，”他对小不点儿说，“晚上十点之前，我们无法运走死尸。”小不点儿说：“这是规定。”“得，过一会再打电话吧。他不会发臭，只剩皮包骨头啦。”他们走了，伏洛尼卡跟另一个护士抬着一个轻金属做的像独木舟一般的玩意儿，里面放着一条长长的皮袋子。他们把小鸡儿放进去，离开了。电视机和赎身钱的无线电都在播放商业广告，赎身钱调了个电台，也许这是一种善意。

法拉格特艰难地站起来。这需要狡猾；这需要狡猾和勇气在他所认识的事物中去占一个合适的位置。他把袋子的拉链拉开。拉链的声响犹如一种单旋律的圣歌——使他想起了赶飞机之前关上皮箱、化妆盒和衣服袋的那种日常的情景。他弓下身子，绷紧了手臂和肩膀上的肌肉，仿佛准备抬一件很沉的东西，然而，小鸡二世压根儿没什么分量。他将小鸡儿放在自己床上，正当他要钻进尸体袋时，一种机遇，一种幸运，一种记忆使他想起拿上一片刮脸刀；他躺进了尸体袋，将拉链拉好。棺椁里窄小得很，他闻着他坟墓的味儿——一种平淡的帆布味儿；一种帐篷的味儿。

来抬他的人一定穿着橡胶底鞋，因为他没听见他们走进来，直到他感到有人将他从地板上抬起来，他才知道有人来班房了。他的呼吸将尸袋弄湿，头开始疼起来。他张着大口呼吸，生怕让人听见，心中更为惧怕自身愚蠢的动物本能会让自己惊慌失措起来，会一阵抽搐，大喊大叫让人把他放出尸袋去。尸袋的布湿了，潮湿更加深了橡胶的味儿，脸上大汗淋漓，他急促地喘起来。恐慌消失了，他听见两道铁门打开又关上的哐啷声，感觉到他们正在将他抬出地道的斜坡。就他的记忆而言，他一辈子还没有被人抬过（他的早已逝世的母亲也许当年将他抱来抱去，但是他不记得了）。被人抬起的感觉一定属于遥远的往昔了，因为这使他产生了一种十分不可能有的无辜和纯洁的心情。在生命的这个时候还给人抬着、拉着，前往一个未知的地方，这有多么奇怪，也许这使他从此摆脱粗俗的性欲、轻率的蔑视和悔恨的狂笑——这不是一个事实，而只是一种机会，犹如薄暮的霞光照在高耸的树梢上，无用但却令人激动不已。活着、长大、被人抬着，这有多么的奇特。

他感觉到尸袋被抬出地道，走上出口附近的平地，听见八号看守说："又有个小子咽气啦，写上'查无亲属'干吗？""'查无亲属'的尸体火葬便宜点儿。"一个抬尸者说。法拉格特听见最后一道监狱铁门打开又哐啷关上，感觉到车驶上不平的路面引起的颠簸。"别把他摔下来，看在上帝的分上。"第一个抬尸者说，"看在上帝的分上，别把他摔下来。""瞧一眼这该死的月亮，好吗？"第二个抬尸者说，"瞧一瞧这该死的月亮，好吗？"他们正在穿过正门，往大门走去。他感到自己被放了下来。"查利在哪儿？"第一个抬尸者问。"他说他要晚一点来。"第二个人说，"今儿早上，他老丈母娘犯了心脏病。他要开自己的车来，但他老婆要开这辆车到医院去。""得，灵车在哪儿？"第一个抬尸者问。"正在上润滑油，换一下机油。"第二个说。"哼，他妈的。"第一个说。"别发火，别发火嘛，"第二个说，"拿加班工资，却什么也不干。去年，前年吧，在彼得买下美容院之前，彼得和我扛了个三百磅的尸体。我一直以为我能轻轻松松举起一百五十磅，可抬出那具'查无亲属'的尸体足足休息了十次。咱俩都喘气啦。你在这儿等着，我上主楼去叫查利，看看他到底在哪儿。”“他那辆是什么车？”第一个人问。“货车，”第二个说，“我不记得是哪年造的。旧货，我猜。他自己换了个新的车挡，分油器出了毛病。我去叫他。”“等一等，等一等，”第一个说，“你有火柴吗？”“有，”第二个说，“你的脸面儿，我的屁股[1]。”法拉格特听见划火柴的声音。“谢谢。”第一个说。他听见第二个人走开的脚步声。

他已经在大门外，无论如何靠近大门了。在那个时分，瞭望塔是没有武装哨的，但这月光真让人发愁。他的生命系于月光和一辆二手的旧车上。分油器会出毛病，汽化器会灌满水，他们会一块儿去找工具，这样法拉格特就可以逃走了。他听见另一个声音：“喝啤酒吗？”“你有一罐？”抬尸者无精打采地问道，法拉格特听见他们走开的声音。

他绷紧肩膀和手臂，试一试尸袋的弹力。帆布袋的经纱用橡胶丝加固。尸袋的脖子那儿或者顶部用粗线缝制。他从口袋里拿出刀片，沿着拉链往下割。刀刃割进了帆布，但非常缓慢。他需要时间，但他不会去祈求时间或其他任何东西。他需要爱的力量，犹如恋爱时初初一瞥时所感到的那样。刀片从手中脱落，掉进衬衣里，在一阵骇人的、抽搐般的、笨拙的惊惶之中，他让刀片掉进了尸袋。在慌乱摸索中，他割破了手指、

1　英语中火柴“match”又有“相匹配”之意，故有此谑语。

裤子和大腿。摸一下大腿，他能感到黏糊糊的血，但这似乎发生在另一个人身上。他手指夹着血淋淋的刀片，又重新撕割尸袋。膝盖那儿一松动，他抬起了腿，将脑袋和肩膀从尸袋顶口里钻出来，走出了他的坟墓。

一丝云影遮掩着月光。透过岗哨的窗户他可以看见两个人影，有一个人正在喝啤酒。他躺着的那附近有一堆石头，他估量一下自己的体重，捡了石头塞进尸袋，让他们将石头塞进焚烧炉里去吧。他非常容易地走出大门，踅进附近一条狭小的街上，那儿的人都很穷困，大多数屋子都是黑魆魆的。

他一条腿一条腿地往前挪移。街灯熠熠，在我们历史上的这段时期，在穷人居住的地区，在街灯下，你可以看清小字体的《圣经》。街灯这么明亮，是为了防范强奸者、拦路抢劫者和掐死八十二岁老太婆的那种人。光辉的灯光，黑黝黝的身影，并没有使他惊怵，被追赶和再次被捕的想法也没有使他惊慌，令他感到恐惧的倒是可能变得歇斯底里的脑袋瓜子。他一步一步地往前踽踽独行，每一步都滞留下血迹，他不在乎。他惊诧于房屋一律的黑暗。压根儿没有一点儿灯光——没有病灾、忧虑或爱的光——即使为了孩子，为了驱散他们对黑暗的敏锐的恐惧而点燃的昏暗的灯光也没有。他听见钢琴的叮咚声。这么深的夜了，这不可能是一个孩子在弹奏，然而手指却这么僵硬、笨拙，他猜想弹奏者一定是一个长者。音乐是一首初学者的练习曲——根据一张肮脏的、折角的散页乐谱弹奏的一首小步舞曲或挽歌——弹琴者一定有在黑暗中读谱的本领，因为飘出琴声的那幢房子一片漆黑。

房屋中间出现了两块空地，原先的房子已被夷平，虽然挂了“不准倒垃圾”“出售”的牌牌儿，仍然堆了不少垃圾和脏物。他瞥见一台三条腿的洗衣机和汽车壳。他对于这些东西有一种深邃的、本能的反应，仿佛这垃圾堆使他想起他经常梦到的地方。虽然垃圾堆的空气并不比熄灭的火焰的苦涩味好多少，他还是深深地吸了一口空气。要是他抬起头，他可以看见不少急促和惶乱的景象，云影从几乎满盘的月亮上飞逝而去，这般地杂乱，这般地快捷，一刹那间，没有使他联想起在劫难逃的芸芸众生，倒使他想起前进的队列和人群，一群与其说有战斗力还不如说快速的部队，一支落伍的团队。但是，天空上的一切他都没有瞧见，他担心会倒下去，双眼紧紧盯着人行道，然而没有瞧见任何可以帮助他一下的东西。

在前面右边，他看见一块长方形纯净的白光，他知道他还有力量往那光走去，虽然靴子里的血正发出咕吱咕吱的响声。那是一家自动洗衣店。三个男人，两个女人，不同年龄，不同肤色，正等着他们洗涤的衣物。大部分机器的盖儿都开着，就像开着的烤箱的门。对面是甩干机，透过两台甩干机的小圆窗，他可以看见衣物正在被甩上甩下，坠落下去，总是坠落下去——似乎是毫不在意地坠落下去，正如往下坠落的灵魂或天使——倘若他们的坠落是毫不在意的话。他伫立在窗口，这个越狱的、浑身沾满血迹的罪犯瞧陌生人等着洗涤衣物。有一个女人注意到他，走近窗户，想瞧个清楚，他的外表一点儿也没让她感到诧异，反而还激起一点愉悦的情绪。当她确信这不是一个熟识的朋友时，便转过身去回到洗衣机旁。

在远处街角一盏街灯下，他看见一个男子。他想，这可能是行为纠正司派来的便衣，或者要是幸运的话，是上苍派来的使者。在陌路人头顶上有一块牌牌，上面写着：公共汽车站。不准停车。陌生人身上散发出一股威士忌的酒气，脚边是一只皮箱，皮箱上放着衣服，衣架还套在衣服里，一只电热炉，一只太阳形的金色的碗，一顶天蓝色的摩托头盔。这陌生人彻头彻尾地不显眼，一头长发，零落的脸，瘦弱的身躯，从嘴里吐出一股浓烈的酒气。“嗨，”他说，“我被房东赶出来啦。我的家当还不全在这儿，这是第三趟啦。我搬到我姐那儿去住，然后再找一个地方租间房。这么晚，到哪儿去找地儿住。我因为没付房租，给赶了出来。我有钱，钱那玩意儿，不用操心，我有好多钱哪。我被赶出来，因为我是一个人，就是这么回事。我像一个人一样发出点儿声音，关门啦，晚上咳嗽啦，有时候请上几个朋友聚一聚啦，有时候唱上几句，吹吹口哨，做做瑜伽啦。因为我是人，发出点儿声音，上楼下楼走路发出点儿人的声响，就给赶出来啦。我打扰了别人的安宁啦。”

“太可怕啦。”法拉格特说。

“说得正中要害，”陌生人说：“说得正中要害。我那房东是一个发臭的老寡妇——即使这些发臭的老寡妇有个老公待在厨房里喝啤酒，她们也是寡妇——这个老寡妇受不了任何形式的生活、时尚和趣味。我被赶出来，因为我是一个活生生的、健康的人。这儿绝对不是我赢得跑马赛头奖所得的全部家当。第一趟我已经搬走了我的电视机，那电视机可美啦。买了四年，带色儿的，屏幕上有点雪花，请来个修电视的，他告诉我永远、永远别将它换新的。他说，这种产品厂子里已经不再生产。他除去了雪花，只要了我两美元。他说修我这样的电视机是一种荣幸。现在已经搬到我姐那儿了。天，我恨我姐，她恨透我了，今天就在她那儿混一晚上，明天上午去另找个漂亮地方住。在南区，有些房子真棒，能瞧见河景。要是我找到了漂亮房子，你愿意跟我住在一起吗？”

“也许。”法拉格特说。

“嗯，这是我的名片。要是你愿意的话，就给我打电话。我喜欢你的模样。我看得出来，你富有幽默感。我十点到四点在家。有时候晚一点，但我不到外面去吃午饭。别给我姐那儿打电话，她恨透我了。公共汽车来啦。”

灯火通明的公共汽车里坐着与他在自动洗衣店所见的同

等类型、同等数目的人——就他所知，他们就是那些人。法拉格特捡起电热炉和摩托头盔，陌生人走在前面，拿着皮箱和衣服。“到我家来做客吧。”他回过头来说，给法拉格特付了车费。他捡了左边第三个位子坐下，对法拉格特说：“坐在这儿，就坐在这儿。”法拉格特听从了。“你跟各种各样人打交道，是不是？”他接着说，“请想想看吧，我夜里上下楼梯哼支曲儿、吹个口哨、发出点儿声响，就说我捣蛋，请想想看吧。嗨，下雨啦，”他尖叫起来，手指着窗玻璃上白色的雨迹，“嗨，下雨啦，你没有雨衣。我有一件，我有一件，你穿正合适。等一等。”他从衣服堆里一下子抽出一件雨衣来，“喂，穿上这件。”

“你自己也需要。”法拉格特说。

“不，不，你穿吧。我有三件雨衣。搬来搬去，我什么也不丢，还能捡点儿，我在我姐那儿拿了一件雨衣，在埃克塞特大楼失物招领处弄了一件，身上一件。这件哪，第四件啦，试试看吧。”

法拉格特手伸进衣袖，肩膀一耸，将雨衣套了进去。“合身极了，合身极了，”陌生人尖声喊道，“太合身了。你瞧，穿着这件雨衣，你看上去像一个百万富翁。好像刚在银行里存上一百万美元，正从银行里走出来似的，走得很缓慢，你知道，就好像你要到一个很高级的餐馆跟一个年轻漂亮的娘儿们会面，请她吃一顿午餐。太合身了。”

“非常感谢你,”法拉格特说，他站起来跟陌生人握手，“下一站我要下车了。”

“嗯，好极了,”陌生人说，“你已经有了我的电话号码。我十点到四点都在家，也许还要晚一点。我不出去吃午饭，但别给我姐那儿打电话。”

法拉格特走到公共汽车的前门，第二站下了车。从车阶上跨上大街，他发现惧怕掉坠和一切同样性质的惊怵都消失殆尽了。他抬起头颅，挺起胸，以一种非常优美的步态走起路来。欢乐吧，他想，欢乐吧。

译后记

约翰·契弗是美国近代文学一位重要的小说家，一生写了一百九十余篇短篇小说，1977 年精选其六十一篇作品结集为《约翰·契弗短篇小说集》，赢得当年普利策小说类文学奖。他 1957 年发表第一部长篇小说《沃普萧纪事》，嗣后发表《沃普萧丑闻》(1964)、《欢迎来到弹园村》(1969)、《猎鹰者监狱》(1977)、《恰似天堂》(1982)。

契弗 1912 年 5 月 27 日出生于马萨诸塞州的昆西小镇。他就读于该州南布伦特里的塔耶学院，这是新英格兰一所古老、刻板的学校；当契弗进校时，拉丁语和希腊语仍然是必修课。在回忆这段学校生活时，契弗写道："回忆起来，这学校似乎是相当令人歆羡的。校舍是世纪初的建筑物，偌大的窗扉，显得异常的沉郁。因为教室过于宽敞，冬季无法保暖，所以校方允许我们在拼写、变换拉丁语动词时，穿大衣外套，戴帽子、围脖和连指手套。我父亲的一位堂哥，曾经留学希腊，给学校遗赠了他几乎所有伯里克利时代雅典的艺术雕塑。就这样，我们戴着耳套，嘴里呵着顷刻变白的气，置身于一大群裸体的男、女雕塑之间。当我后来渐渐长大，才真正意识到这种情景令人默默輾然的讽喻。我当时关心的是，学校并不致力于给我们以教育，而只是追求让我们全考上哈佛大学，并能在那儿循规蹈矩，至少待上一年。”可是，这种教育并不是契弗所喜欢、所追求的。十六岁那年，他拒绝背诵希腊剧作家的名字，这些剧作家的作品他一部也不读。因此，他被揪往校长办公室，校方很快开除了他。根据这次被开除的经历，他写了一篇小说《被开除》，描述他对现存的机械式教育制度的失望情绪，寄给《新共和杂志》。当时，美国著名文艺批评家、诗人和翻译家马尔科姆·考利正在《新共和杂志》当编辑。考利给契弗写了一封回信，说准备刊登。契弗当时正在缅因州，收到信后欣喜若狂，为了庆祝这一事件，初夏的一天，他独自登了一座山。那年秋天，契弗到纽约找考利，考利在自己寓所非常客气地接待了契弗。于此，开始了契弗与考利持续一生的友谊。契弗后来回忆道：“考利无异于我的父亲，而我是他的学生——也许是个半路出家的学生。”考利后来又把契弗介绍给《纽约客》编辑凯瑟琳·安吉尔·怀特。契弗于此就成了《纽约客》的主要投稿人，经怀特的手，发表了一百二十篇短篇小说。

契弗的短篇小说大都以新英格兰小镇和郊区为背景，以优美的文体家的风格，以简练、自然、毫不矫揉造作的笔调刻画人与人之间极其细腻、微妙的关系。他笔下的妇女，往往婚姻不幸，脾气古怪、厌世，永久地、绝望地沉迷于爱情的幻觉之中，而他笔下的男子每每热爱妻子、孩子，热爱家庭生活，希冀过一种有秩序的生活。然而，他们的这种希冀又每每与他们冒险的本质、肉欲、生活的神秘感相冲突。如1953年早期短篇小说集《巨型收音机及其他》中的《再见了，我的兄弟》。关于这个短篇，作家曾写过一篇短文《发生了什么》，说明他构思这篇作品的经过。一次，在度假时，作家想借棋子、棋盘及下棋所付的代价，说明在一个家庭中，人与人之间的关系可能有一定程度的情感勒索存在，他安排主人公猝死在棋盘上。后来，作家度假回来，环境变了，他把生活中一些片断的回忆和经历与度假中构思的小说串联起来，写成了现在的《再见了，我的兄弟》。契弗说："一个星期五，我写完这篇故事，感觉无比的快乐；我把发生在明尼阿波利斯城的化装舞会和发生在山峦间的弈棋——看来似乎是截然不同的事件——串联在一起，写成了一篇故事。人生没有比这更叫人快乐的事了。在故事里，那些看来似乎是互不相干的经历发生了联系。这证明：人生本身就是一种创作的过程，人生千姿百态，都是通过有意的安排，塞翁失马，焉知非福，失之东隅，必收之桑榆。"契弗写得最好的《乡居丈夫》男主人公弗朗西斯·威德就是他笔下人物的一个典型。

在他的小说中，我们读到了典型的新英格兰郊区。正是对郊区中上层住宅区的关注，对郊区社会与文化含义的关注，使他成为美国文学中独树一帜的“郊区作家”。他的小说很多是描写夫妻关系的，在很多的场合不是描写夫妻相爱，而是描写彼此厌恶，彼此都不忠实。然而他们都是有教养、有脸面、按时上教堂的人，他们做的一切仅仅是为了他们的公共的面孔。据契弗的女儿叙述，契弗与妻子的感情长期不和，因此，他对这种特殊的貌合神离的关系深有所感。契弗对生活在郊区的美国人的心理了解十分透彻，他每每用非常幽默的笔触描写他们内心的矛盾、他们的虚荣和他们的痛苦。

契弗是一位擅长用其独特的、冷峻的幽默笔触写作的文体家。他着意刻画他们在乡间田园诗一般的宁静生活，远离尘嚣的欢乐和烦恼，寂寞和哀愁。他的小说反映了20世纪初世袭的中产家族在日益工业化的美国生活中的命运。他们的感情生活和他们所创造的郊区井然有序的社会生活是相忤逆的。郊区轮廓分明、错落有致的建筑以及有组织的社会生活，与郊区居民错乱的本性恰成对照。契弗借幽默的笔触揶揄这些无所事事、养尊处优、颓废的中产阶级。这群特殊的人住在阔绰的郊区，孕育出病态的心理和骄奢淫逸、纨绔的作风。正如契弗所说的，这群幸运的、有足够时间和金钱自由发展其才能的人，却辜负了这个机会，精神生活异常贫乏，成为一系列反常、怪异行为的俘虏：虚荣、酗酒、同性恋、人性的扭曲。正如约翰·厄普代克所评论的：“在美国当代小说家中没有人能与约翰·契弗匹敌。”

契弗70年代初期曾经在辛辛监狱教授过两年英语写作。在监狱耳闻目睹的情景使他十分悒郁、苦闷。1974年到1975年，契弗作为英语创作课的访问教授任教于波士顿大学。其时，他患上了抑郁症，耽于酗酒，不得不被送往纽约州一家酗酒康复中心诊治、疗养。辛辛监狱的教书生涯和一个月待在康复中心的体验，给作家提供了创作《猎鹰者监狱》的素材。正如他自己说的，小说并非是“基于一次非凡的经历”，而是“我人生的一个总结”。这部小说在美国文学史上占有重要的位置。

在契弗所有的小说中，《猎鹰者监狱》是最具有批评性的。作家表面上描写的是一座美国监狱，娓娓道来监狱中形形色色的人物形象和种种污秽的、怪诞的、几乎荒唐的事件，实质上他是在描写“一切都乱了套”的人生和美国社会。

伊齐基尔·法拉格特是一个四十八岁的大学教授，因弑兄罪被判入狱。他是一个典型的契弗式的主人公：在家庭生活分崩离析的美国社会中一个异化了的中产阶级人士，一个生性天真、失却归属感的人物。他童年缺乏父母之爱，父亲在他出生之前就想把他堕胎，兄长埃本是一个虚伪的君子。绝世佳人的妻子是一个自我陶醉者和同性恋者，他们之间的“拌嘴跟念《圣经》和行神圣姻合礼一样成为一种仪式”。法拉格特之所以会这样，显然是因为他是一个充满虚荣和伪善的家庭的产物。

“他家在政治、精神和性欲的水准上都希望成为全才。”他的爸爸是一个传统的美国佬，曾携带他去原野垂钓，训练他登山，但是当他不再尽这些义务时，他便完全不管儿子，自个儿整日待在特拉弗廷港口玩他的小独桅艇。他老喝醉，成天疯疯癫癫的。在他十六岁时，他爸在一张字条上罗列了妻子二十二条罪状，说她不配当女人、妻子和母亲，上演了一场死乞白赖要自杀的闹剧。他们总是气愤地跺着脚，不是冲出音乐厅、剧院、体育场，就是冲出饭店，从来不待到结束，便穿着湿漉漉的雨衣往出口处走去。在去听一场音乐会时，还要装模作样地说：“倘若库谢维茨基认为我得听这音乐的话。”“他们也许患上了独居恐怖症，而用一种道德的义愤来掩饰这种病症。”特别是那些中产阶级的太太们，看来非常慷慨大方，筹措金钱给住在地下室的居民买骨瘦如柴的鸡，或者筹办私人学校，到末了经常以破产而告终。具有讽刺意味的是，虽然她们多少做了点好事，但她们的雅量经常是令人非常痛苦、令人啼笑皆非的。他自以为是的哥哥老是抱怨大多数侍者、酒吧侍童或伙计鲁莽无礼，跟他相约在饭馆吃顿午餐总是以大吵一场而告终。他当过兵，第二次世界大战的生活使他变得粗俗而野蛮。正是战争使他走上了吸毒的道路。他想忘却痛苦的过去，也不去考虑未来。“昨天是忧虑的时代，肉欲的时代，而今天……却是神秘的、冒险的行针吸毒的时代。他的一代是吸毒的一代。”由于现实和理想的不可调和的矛盾，“后弗洛伊德一代的精英是瘾君子”。

在犯人中有杀父者、杀妻者、小偷、强盗、绑匪，也有百万富翁、部长和副州长。那些狱卒既愚昧又可怜。作家描绘了一幅污秽的监狱“河谷”、“拥抱腐朽和堕落的”同性恋和吸毒者的景象。作家用充满同情的笔触描写了美国社会中最底层者的命运，如小鸡儿，他将一生的积蓄都花在文身上了，专干爬窗户偷东西的事，为了糖罐里的八十二美元他掐死了一个老太婆。他在世间没有一个亲人，拍了一张照也没有任何人和任何地方可以投递。“他还不如死人。”富有含意的是，在他的闻名的文身图案上镌刻着但丁《神曲》中写在地狱之门上的名言：“来者放弃一切希望吧。”他本身无疑就是地狱的化身。

由于作家对新英格兰中产阶级的熟悉，他总是非常生动地描写他们在婚姻生活中的困惑和林林总总的怪异行为。契弗笔下那些富足的人们的婚姻每每是不幸的，夫妻缺乏心灵的沟通，各自在婚外寻觅情人的慰藉。这种婚姻只会扼杀人们的创造才能。法拉格特和他的妻子马西娅之间的关系正是这种烦人的婚姻的注释。马西娅对法拉格特说：“世界赫赫有名的性堕落啦，一会儿酒精中毒住院，一会儿染上毒瘾，一会儿断胳膊断腿，一会儿脑震荡，而眼下又是严重的心脏病。这就是你给我的生活带来的玩意儿，可你还指望从我这儿得到善意。”在契弗的哲学观中，婚姻是另一种囚禁。

契弗对中产阶级的心理疾患十分熟悉，写那种神经兮兮的样子入木三分，如整天待在独桅艇中的法拉格特的父亲和穿礼服在加油站给人加油的母亲。他对中产阶级的心理描写与索尔·贝娄的不同。他在鞭挞他们的怪癖时，带有几分讽刺，不像索尔·贝娄那么哲理与深沉。文学批评家注意到契弗的反个性化倾向。他笔下的富有教养的中产男子，如法拉格特和他的家人，几乎都没有个性，他们只是在不同的环境与场景中，如法拉格特的哥哥埃本和他的整天哭闹的妻子，表现出他们的虚伪、好色、偷情、虚荣、神经兮兮而已。在那样的社会里，他们的反常行为，如自恋、同性恋和婚外情，被认为是正常的，人们就完全有理由纳闷，这个社会是正常的吗？

在《猎鹰者监狱》中，作家想表述他的哲学："在所有表面自由的行为中总是有一种无处不在的被囚禁感。"他赋予圣博托尔夫斯镇（《沃普萧纪事》）或弹园村（《欢迎来到弹园村》）这种实际上的囚禁的含义。那些生活在郊区的中产阶级在这种自我设置的囹圄中，由于缺乏历史的使命感，缺乏真正生气勃勃的生活，陷于苦闷和心灵的孤独的境地。

作家正是从他对于囚禁的这种哲学理解出发，在一个社会的大背景下用现实主义、超现实主义、梦、幻觉、回忆来展示小说《猎鹰者监狱》的主题。他描绘了一幅当代美国社会的讽刺画。作家所描述的监狱实质上是人生和美国社会的反映。

“在所有表面自由的行为中总有一种无处不在的被囚禁感。”他试图通过人物变态的性苦闷来鞭挞这个社会的不合理性。他在《老爷》杂志第三届年会上说，因为“在美国的生活就像是在地狱”，所以，“对于一个作家来说，唯一的立场只能是否定”。索尔·贝娄评论说：“这是一部非凡的小说。它非常粗放而又优雅、纯洁。如果你真诚地想了解美国人的灵魂在体验什么，它则是不可或缺的。”文艺批评家弗莱特里克·勃莱契尔指出：“契弗的重要性在于他的道德洞察力。”《猎鹰者监狱》显示了作家娴熟的写作技巧、训练有素的智慧和艺术上的认真精神。他无视传统的美学模式，进行自己独特的文学创作。欧茨指出，契弗并不是想通过小说给人们讲述一个几乎是荒诞不经的故事。他在着意渲染弥漫于美国社会的一种空虚感。小说淡化情节就是为了这一目的。

1979 年 10 月 9 日，在芝加哥为考利举行的一次宴会上契弗说，矫正他所描写的弊端的办法是“热爱生活，热爱人与人的交往”。他说：“文学是一种大众的幸福事业，大众的幸福事业应该时时存在于我们的良知之中。在我们的文明社会中，我认为没有比这更重要的了。”他把这作为一生创作与生活的准则。他说：“没有文学，我们就不可能了解爱的意义。”

谨献给弗德里克·契弗

图书在版编目（CIP）数据

猎鹰者监狱 /（美）约翰·契弗（John Cheever）著；朱世达译．— 南京：译林出版社，2024.5
（约翰·契弗作品）
书名原文：Falconer
ISBN 978-7-5447-9817-4

Ⅰ.①猎…　Ⅱ.①约…　②朱…　Ⅲ.①长篇小说－美国－现代　Ⅳ.①I712.45

中国国家版本馆 CIP 数据核字（2023）第248657 号

著作权合同登记号　图字：10-2020-56 号

猎鹰者监狱　[美国] 约翰·契弗／著　朱世达／译

责任编辑　张　睿
封面插画　Patrick Leger
装帧设计　韦　枫
校　　对　蒋　燕　梅　娟
责任印制　闻媛媛

出版发行　译林出版社
地　　址　南京市湖南路 1 号 A 楼
邮　　箱　yilin@yilin.com
网　　址　www.yilin.com
市场热线　025-86633278
排　　版　南京展望文化发展有限公司
印　　刷　南京爱德印刷有限公司
开　　本　787 毫米 × 1092 毫米　1/32
印　　张　6.875
插　　页　4
版　　次　2024 年 5 月第 1 版
印　　次　2024 年 5 月第 1 次印刷
书　　号　ISBN 978-7-5447-9817-4
定　　价　58.00 元